绝顶风尘·破晓

青山贤人 著

中国出版集团有限公司
研究出版社

图书在版编目（CIP）数据

绝顶风尘·破晓 / 青山贤人著. -- 北京 ：研究出版社，2024.1
ISBN 978-7-5199-1476-9

Ⅰ. ①绝… Ⅱ. ①青… Ⅲ. ①幻想小说—中国—当代 Ⅳ. ①I247.5

中国国家版本馆 CIP 数据核字(2023)第 073472 号

出 品 人：赵卜慧
出版统筹：丁 波
责任编辑：安玉霞

绝顶风尘·破晓
JUEDING FENGCHEN · POXIAO
青山贤人 著
研究出版社 出版发行
（100006 北京市东城区灯市口大街 100 号华腾商务楼）
三河市宏达印刷有限公司 新华书店经销
2024 年 1 月第 1 版 2024 年 1 月第 1 次印刷
开本：880 毫米×1230 毫米 1/32 印张：3.25
字数：100 千字
ISBN 978-7-5199-1476-9 定价：50.00 元
电话（010）64217619 64217612（发行部）

目 录

第一章　乾坤若解风尘扣，几多欢喜几多愁

万里江花风尘落，千年烟雨几回头。
人间恰似天上水，阴晴圆缺不可违。

距离寒武纪不知过了多少个春秋，工业革命才姗姗来迟，世界人口开始极速膨胀，大量空间开始被改造。其中庞大的生产物资和行为被量化，并用货币结算的时日维持了许久，作为其成熟的标志——金融市场的能力不容小觑。因金融市场崩溃导致的浩劫也不在少数，多少仁人志士将矛头直指这个货币结算体系，但多少次的探索都没能撼动这个既存体系。

功夫不负有心人，新时代的气息终究在人类文明振荡多次之后露出了端倪。

人类物质空间研究所，简称“物研所”，由于科技上的领先，始终占据了大量资源从事物质探索工作。但人类文明的前进是对自身的变革，想遏制这个组织向前发展的声音不在少数。老天也不知怎的在这个时候缺了心眼，居然让这帮声

音拢成了团。通过不懈努力他们终于掌控了金融市场，并开始疯狂地打压物研所的最新进展。

由于来自金融市场的打压，物研所的物质补给日益萎缩，其生存发展也出现了问题。而物研所内部并没能团结一致，一些有威望的成员纷纷给出了对策，而意见并未能统一。这时在行业摸爬滚打多年却依然年轻的周怀仁并没有马上给出看法，他深刻地了解人心和问题内在矛盾的错综复杂。山雨欲来风满楼，万象更新须时日。此刻局势并不明朗，不是推行变革的合理时机，能解决问题的是问题本身，人们最终看到的是已然成功的人或组织，而历史的精细结构往往触摸不到。面对压力不能坐以待毙，物研所内不少同志已在伺机而动了。其中两个阵营呼声颇高，一个是以刘则平为代表的，主张以暴力摧毁夺取世界主导权；另一个是以李济天为代表的，主张表面求和，暗度陈仓积蓄力量，并潜移默化地渗透到金融市场，使其实现意志转变。当然也有人试图协调二者，但这是困难的。凡在这个世界上度过几番劫难的人自然会想到事情发展的结果，在这个问题上有分歧是要命的，不管哪个阵营，关于最后愿景的态度都暧昧不清，互相试探。保守的想法是让物研所控制金融市场，以此保证自身长足发展。但历史多次告诉他们，金融市场也会变成烫手山芋，成为众矢之的。就像前辈们对建立新体系的探索，这些契机被不少人寄予厚望。毕竟物研所人才济济，实力雄厚，也希望能有个盼头。虽然眼下没有看似合理的方案，但人们心底纷纷给它预留了位置。

大浪淘沙空一物，雾里看花心有处。

金融市场的耳目可谓无孔不入，更何况物研所内混得不好的人总是有的，把问题归结于物研所向前发展的人也不少，当然也有认同金融市场这帮家伙人文追求的人，其中不乏在物研所名望颇高的老同志，想来个里应外合也是有的。这些物研所的前辈和晚生认为物研所的发展会走上不归路，最终一发不可收拾。各种风声很快就被金融市场的大脑袋们捕捉到了，想着自己带领的世界风和日丽，更是理直气壮地开始筹谋剿灭计划。其实金融市场的这帮人也并非想让这个存在已久且功勋卓著的组织退出历史舞台，只是希望他们不要走得太快太远，认为只要在现阶段的情况下从事工程建设和设备运行就可以维持稳定。由于刘则平集团的计划威胁性太大，而且其掌握的资源让人不寒而栗，于是剿灭行动的第一站便是刺杀刘则平。

为了顺利地展开剿灭活动，金融市场内部组成了以“收敛计划指挥所”（简称“收划所”）为核心的队伍。鉴于曾经与刘则平共同运营开发新材料的经历，收划所成员赵泯心被委派前往刘则平处沟通，并想首先打探其真实想法。刘则平以及支持他主张的集团大多致力于物质合成技术的开发和利用，太多高新技术集团与他有着密切的联系。合成科技的每一次进展都会给这些集团带来大量收益，刘则平正与其中的死党秘密开展精准杀伤性武器的研发。之前共事的经历使得赵泯心有机会以产品问题为由约见了刘则平。由于不知刘则平是否早知此事而有所准备，赵泯心表面单刀赴会，实则受到收划所层层保护，如遇不测就直取刘则平的性命。

看到老同事前来，刘则平热情而不失冷静地上前迎接。寒暄之后，赵泯心顺带介绍了之前一同经营的生意的现状。刘则平非常赞赏他在运营上的表现，并关切地询问其难处。赵泯心说："新材料日新月异的局面旷日持久，同事们光与新材料打交道就已颇费周章，了解材料就已耗费大量精力，而与之相关的产品却总是被用户诟病。更关键的是更先进的材料可能马上进入市场，互相竞争并没有给谁带来好处，而且大家都处于焦虑之中，已经失去了探索带来的乐趣。"

刘则平说："这个困扰确实普遍存在而且由来已久，但如果我们不持续更新，就会被他人取代，作为科技工作者，我们不是希望永远站在最前沿吗？"

赵泯心说："我也非常理解您的想法，不过我有个好消息，不知道您愿不愿意考虑。天华基金非常希望投资物研所的所有最新项目，当然和您相关的项目份额不少，而且会帮助这些技术彻底垄断市场，但要求在技术上不再进行革新。"

刘惊讶而谨慎地问道："非常感谢贵集团对我的支持，但冒昧地想问，为何有如此底气能让项目垄断市场。"

赵不假思索地回答："这个基金背后的靠山在金融市场呼风唤雨，只要您同意，结果是保证的。"刘几乎明白了赵此行的真正意图，因此这样回应道："我对金融市场的能力从不怀疑，但这个决定关系重大，待我考虑成熟之后，再与您商榷。”

赵：“非常尊重您的决定，希望您能慎重考虑！”

一向爱聊技术的赵先生却在这次会面中只字不提对新技术的渴望，这让刘不禁警觉。而且从赵的提议中他非常明白此事并不简单，似乎有股力量在向他试探，他也深知这股力量不好对付。但赵的态度让他明白，赵还是留了充分时间供他来选择的。

赵的这次拜访并没有给收划所带来多少的有效信息，但可以发现刘并不像想象中对自己的立场坚定无疑。人可能从来不知道自己坚持想要什么，之前觉得自己无比坚定的刘则平，发现赵泯心的提议并非没有可取之处，由于他掌握了大量合成技术方面的成果，而与金融市场的合作无疑会使其成为大赢家。这样不但刘则平的技术能够垄断市场，而且能缓解看似是技术向前发展带来的诸多社会冲突。于是在接下来的时间里，他多次主动与赵泯心进行沟通，详谈此项提议的具体操作事宜。这使得他在与武器开发集团的交流方面有所延缓，也使得和他之前站在相同立场的同僚们心生嫌隙。曾跟随他多年、共同从事多个项目开发的物研所成员李德，对于刘则平这一反常举动有所察觉，因为李德直接参与与武器开发集团们的对接工作，并且极力支持以暴力摧毁夺取世界主导权的做法，领导人的一举一动他都看在眼里，记在心里。李德知道自己身担重任，稍有不慎便会引来血雨腥风，于是他立马派人暗中观察刘则平的动向。

随着刘、赵两人不断频繁的接触，李德的眼线们越发觉得此事有些蹊跷，便立马将这个情况汇报给了李德。经过对赵泯心背景的调查，李德立刻察觉到刘则平极有可能要策反。但此时刘则平并没有做出决定。由于刘则平态度的转变，使得收划所稍稍放松了对他的警惕。因为武器研发的事情，刘则平与李德还是一直保持着联系。李德询问刘则平为何放缓武器研发的进度，而刘则平竟主动透露了风声，他希望李德能够协助他一起加入这个计划。而李德对于自己的立场毫不动摇，但表面上保持沉默。这让刘则平有些不安，他开始笼络一些多年的亲信，游说他们一同加入。但结果是让他失望的，同事们坚持要与收划所斗争到底，他们对于自己从事的事业从没有怀疑过。

刘则平非常清楚地意识到此举将自己置于极为危险的两难境地，应该尽快做出决定。在赵泯心几番苦口婆心的劝说下，刘最终决定接受赵泯心的提议。这让收划所高兴不已，不但暂时取消了刺杀刘则平的计划，还大大加强了对他的安保力度。虽然不知道刘则平的决定，但是李德和同事们认为事不宜迟，应该即刻给出对策。巧的是计划同样是暗杀刘则平。这真是风云变幻总无情，黑白难辨入困境。

由于收划所对刘则平的安保措施极为周全，暗杀活动显得异常困难。再者像刘则平这样在业界举足轻重的大人物，其生死尤为重要，应该找谁来为凶手当替罪羊呢?李德希望这个锅应由收划所来背，这样对之后的行动也更有帮助，于是他和同事们开始秘密策划暗杀行动。由于收划所侦测手段极其严密，应该尽量减少人员的参与。这时有消息传来，刘则平将在 3 月 12 日下午 3 点在赵泯心的家中会面，而他们不知道的是这次正是刘则平确认执行计划之前与赵泯心的最后一次会面。李德决定应该让刘则平死于赵泯心的家中，这样收划所也脱不了干系，而且要死得离奇，不能被找到证据。看来一般市面上的手法是派不上用场了，而高科技使有些事情表面上显得十分简单。

李德在 3 月 1 日下午 3 点前往刘则平的家中拜访，当然全程都在收划所的监控之下，各种传感器捕捉着环境中一丝一毫的变化。李德这次只身赴会，各种传感器上显示除了身上衣物，他没有携带任何物品。可能是之前一直忙于公事，两人很少谈及过往。李德这次也不知怎的，和刘则平聊起了之前一起奋斗的艰辛历程，开怀中带有一丝苦涩。所有的谈话都在收划所的监听之下，就连他们都觉得有些感动。两个人一起分享了过去太多的不容易，但丝毫不谈对今后的想法，两个小时很快就这样过去了。李德离开后，刘则平在关门的一瞬间突然感觉到自己的时日不多了。这段时间李德收回了所有追踪刘则平的眼线，同事们也缄口不谈关于刘则平的事情。

就这样时间来到了 3 月 12 日下午 3 点，刘则平依然怀着忐忑的心情来到赵泯心的家中。而此时李德和同事们也正通过纳米飞行器传来的影像关注着整个过程，气氛随着时间显得越发悲壮。是的，就在两人交谈没多久，刘则平就倒下了。赵泯心立马叫来医疗小组，却早已于事无补，用物质探测仪检查的结果显示，无任何有害性物质进入其身体的痕迹。李德的监控室内渐渐传出了哽咽声，但终归任务是圆满完成了。

赵泯心第一时间将情况汇报给了收划所负责人，可能收划所早有预料，马上给出指示，立即通知媒体并做好家属工作。消息一发布便在大街小巷炸开了锅，但法医的鉴定结果和当天的实拍录像都表明刘属于自然死亡，没有他杀的可能。原来在 3 月 1 日李德借着与刘则平握手的机会，将手上预先覆盖的纳米涂层覆盖到了刘则平的手上，这种药剂会立马渗透体表进入血液，并且通过精准缓释，在预定时间达到死亡浓度，反应后成为一般代谢物，使得死亡后不留任何蛛丝马迹。李德因事先在手上覆盖了防渗透膜，所以才一点事情也没有。

虽然所有的证据都表明刘则平属于自然死亡，但总有人猜测有强大的幕后集团操纵掩盖了真相。

有些人看热闹不嫌事大，但这次他们确实猜对了。物研所内就有人对此深信不已，他们认为是金融市场的掌管者们一手策划的阴谋，刘则平的死是杀一儆百，目的是警告物研所适可而止，否则就有生命危险。而收划所非常明白是物研所有人从中作梗，因为这种手段不是其他集团能办到的，这也让他们看到了物研所要与他们斗争到底的决心。

为了更快地实现收敛计划，他们开始收买进入物研所的年轻人，对于支持他们的年轻人给予物质上的满足，同时截断新技术的财路，对于一些敌对的老顽固则安排了秘密的定期铲除计划，妄图通过这种新陈代谢的方式将物研所打造成他们想要的样子。

越发紧迫的形势，使物研所中暴力革命的情绪日益高涨，其队伍也日益壮大。在这种形势下，李德的威望越来越高，成为这帮人的绝对领袖。支持物研所向前发展的高科技集团纷纷加入他们的队伍，开始一同研讨拿下世界主导权的计划。

一支“人类文明集结号”的武装队伍应运而生，打出维护人类文明不断前进的口号向金融界进攻，并且号召年轻人加入。但年轻人早已受够了不断前进的压力，反而对金融界的安排非常满意。就在物研所以武装想要精准摧毁金融市场之时，收划所早已安排了警力以恐怖活动为由逮捕了所有计划内的人员，一律处以死刑，清除所有新技术信息，同时铲平所有研发中的新技术设备。这样一来，在物研所内，几乎只剩下一些过去不得志的技术人员，高科技集团更是被杀得七零八落。但这次浩劫对于整个社会而言，更多的竟是正面的回应，人们在那段日子生活坦然了许多，一直紧绷的弦在这段时间得到了放松。

为了防止物研所东山再起，收划所派人全面管理物研所，所有的人员变动、所有的项目运行都需上报审核。

但物研所的重要性并没有降低，大量的工程建设和设备维护都需要他们，没过多久物研所又人丁兴旺起来。

看来这一次交给人类探索的机会又要以失败告终了。

第二章　千朝万代有时尽，枯藤古木盼新风

对于技术先进程度的判断一直以来都是个难题，虽然收划所派人全权管理了物研所，但通过简化技术细节，物研所的新技术常常能蒙混过关。但之前的教训告诉物研所一个深刻的道理，民心向背对于他们的存亡至关重要。新技术虽然时有推出，但面向群众的新产品都会经过所内长期大量的使用调整之后才进入市场。与以往打着黑科技的旗号进行宣传不同，现在多以美丽宜居为推广理念。巧的是这样的产品反而几乎不用大肆宣传就已进入千家万户，人们甚至感觉不到它们的存在。

这样的时日持续了三十年，人们渐渐淡忘了物研所的存在，世间俨然一派安乐祥和的景象。

但是由于物资生产供应普遍充裕，生育率居高不下，人口持续攀升，人均寿命不断延长，几十代人同时生活在同一个世界。人们将更多的时间用于娱乐消费，大量资本向娱乐消费业集中，金融市场发行的虚拟资本不计其数，不少过去

行不通的利益链开始生根发芽，而实体经济却被丢在一旁无人问津。生产物资的价格正不断上涨。人们已经不习惯回到原本工作的状态，互相抱着侥幸的心理拖延下去，甚至还有些人认为娱乐消费的世界可以满足他们的所有，只是换了个方式工作而已！

这种情况使得物研所的生活越发窘迫，年轻的血液开始变得稀疏，能够供应其发展的资源也越来越显得珍贵。但社会上出现的问题却比之前更加复杂，当下的技术理念慢慢开始招架不住。猝死于娱乐场所，被债务逼得走投无路，架着一具美丽外壳游荡在城市之间的人越来越多。公共设施年久失修，工程建设更是偷工减料，存在大量安全隐患，随时可能出现意外，而能够消费得起的则是远看挺美的劣质半成品。

外表看似无比光鲜亮丽的人类社会实则危机四伏，暮气沉沉。

花天酒地迷人眼，千杯散尽不知醉。

由于大量生产机器被废弃或无法运转，此时的物研所几乎成了整个世界生产物资的主要来源。整个世界都像个孩子一样在死皮赖脸毫无约束地向他索取，然而并没有多少人真正关心养育他们的人的感受。

由于之前隐忍的处世方法，以李济天为首的阵营大都幸免于那次大清洗，现在都已成为物研所内举足轻重的关键人物。而当下的社会就像一支死亡之军兵临城下，却找不到一个看得见的敌人，这种情况放在任何时候都是最棘手的。就像当年的计划一样，李济天联合同事们开始有心栽培一些有志之士渗透进金融市场核心，企图引导金融市场，整顿生产物资的流动性。常年的稳定使收划所在物研所的监管队伍形同虚设，没人愿意从事这种繁复而没有多少回报的工作，大多沉浸在泛娱乐的极乐世界之中，丝毫没有察觉到李济天的行动。这使计划初期进展得尤为顺利，李济天培养的代表物研所意志为了挽救危机的晚生们已陆续成了金融市场的核心人物。

但世事难料，这些从小生活无忧，没有经历过动荡的年轻人在进入金融市场之后，觉得物研所这帮家伙死板不知变通，大好的生活不享受而整天忙于技术工作这种苦差事，真是眼光狭隘。他们突然觉得之前在物研所吃了太多苦，这让他们更是大肆地挥霍，试图弥补过去，从而早已把组织交给他们的使命抛之脑后。这使原本就岌岌可危的社会愈发变本加厉，天堂与地狱在世间各个角落迅速切换。大量无法继续消费娱乐的人们失魂落魄地游走在大街上。各种死于体力不支或者稀奇病症的尸体遍地横陈，空气中弥漫着一股浓烈的腐败气味。

这是李济天万万没有想到的，他原本以为逐渐向好的前景迎来的却是地狱般的惨状。为了保证物研所内部的正常运行，李济天召集了所内所有成员商量对策。由于金融市场涣散，其能动用的武装力量名存实亡，也没有发动人民暴力革命的势头，而物研所内保存的大量设备能够在短时间内转换成充足的武器输出，保护其生产的物资，这样岂不是给了物研所决定人民生死的权力。

经过几周（对应地球文明七小时左右）反复的交流论证，最后物研所决定推选李济天为带头人，实行“边界供应”计划。他们迅速成立强大的独立武装部队，首先将收划所在他们那里设立的管理人员全部清除，并且在同一时间将所有预先划入黑名单的游手好闲、滥竽充数、白拿好处的成员逐出，然后大举进军，占领所有主要能源和原材料来源，并且占领所有预先规划好的空间，驱逐除了物研所及相关盟友以外的所有人员，建立“边界供应”圈。除了物资运输部队，物研所及相关盟友不得擅自离开“边界供应”圈，其他人员一律不准进入，否则格杀勿论。在这些初步计划执行逐渐稳妥之后，物研所开始规划物资分配方案。他们的基本思路是圈内根据定期完成任务情况兑换指定的物资供应，上不封顶；个体之间严禁交换、赠予、转移私有的生产物资；更先进的生产成果不能向生产水平低的方向传递；长期连续无法完成最低生产要求的成员将被逐出“边界供应”圈；违反者一律格杀勿论。对外同样制定了能力可及的生产任务，完成者可以兑换相应的生产物资或者原材料。这样一来，大量不想工作和没有劳动能力的人纷纷死于饥荒，自相残杀的现象也屡见不鲜，圈外到处是堆积如山的尸体，每天都有不计其数的尸体分解车在超负荷运转。其中还发现了不少美丽外壳的宿主其实早已驾鹤西去，这次他们是真的去了极乐世界！曾经灯红酒绿的场所变得破败不堪，这些全部被销毁分解为原材料向圈内运送。而有些人终于在生命的最后关头向生活低下了高贵的头颅，完成了生产任务，兑换并到了赖以生存的物资。

为了能够保证长时间的稳定，“边界供应”圈内根据生产力水平变化情况，精准控制出生率。所有教育资源圈内圈外完全共享，并且举办素质选拔考核，圈外人士通过考核便可以进入圈内试验区。如果连续十次完成圈内相同的生产任务，则可以直接成为圈内成员。圈内因不可控因素（当然包括自然老化）失去劳动能力的成员，圈内提供相应的供养保障体系，未成年人有规定的基本物资保障，也有权参与生产拿到生产物资。

这样的时间一长，圈外不劳作的人慢慢灭绝，剩下一批通过劳动换取圈内补给维持生计的人。还有一些情况就显得有意思得多，有些人或独自一人或三五成群开发一点原材料，制作一些最基本的生存工具，生存是他们的唯一追求，有些甚至衣不遮体，仿佛回到了远古时代，当然自相残杀的现象还是时有发生的。有心的人马上明白有两类人在这次计划中几乎全部消失了，一是上了年纪没有生产能力的圈外人，其实他们已经很长时间没有糟践生产资源，过着有规律的清闲生活；二是没有足够生存能力的圈外儿童，他们甚至都不知道社会发生了什么。但是他们都没有被考虑在这次计划之中，也不知道是否是决策者与当局者有意为之，反正是没有给出相关安排，让他们自生自灭。还有一点也值得关注，就是可以发现“边界供应圈”基本分布并且覆盖了所有之前人口最密集的区域，二者吻合得让人惊讶。而原本人口相对稀疏的空间本身就没有多大规模的消费娱乐和金融的踪影，大都处在金融市场的边缘。这样看来，这次变动更像是占领并重塑了之前人口密集区域的存在方式，把一些消耗远远大于生产的家伙剔除出去。

新建立的秩序由于缺乏实践运行经验，总会出现一些问题。过于简单的生活让人们看不到生活的美好，没有娱乐的生活是人们无法接受的，但在圈内的娱乐消费是精准控制的，不同生产力水平分区用于娱乐消费都有最高的限定比例。还有一个问题就是人们不习惯被规划好的生产任务和生产方式，上报了大量新的生产任务并请求批示。但相对于之前摇摇欲坠的社会而言，现阶段的情况还是非常被人看好的。人们对自己付出换来的东西基本认同，使投机取巧的行为在这里很难找到空隙。表面上人们之间的偏见也少了很多，更先进的生产队伍因为可以独自享有他人没有的生产成果而备受鼓舞。圈外也慢慢开始恢复了生机，不少人开始努力争取进入圈内的机会。完成对外发放的生产任务获得的生产物资也非常可观，完全能够满足他们对生活的要求。

与圈外不同的是，圈内对于生产物资转移的监管极为严格，不用说偷窃抢掠或私下以任何方式转移给他人，一经发现将会性命难保。

就像没有一种材料具有绝对的刚性，人类社会亦是如此，不劳而获的贪婪想法从未断绝。因为物研所控制了几乎所有大型能源和原材料来源，所以有不少人铤而走险打起走私的主意来，甚至还有私自承包与圈外直接交易的（也不知道交易了什么）。

作为这次计划的带头人，李济天此时位高权重，当时一同参与的同事们都在圈内身担重任，管理着整个圈内世界的运转。由于根本不存在能够监管他们的机构，管理层开始逐渐懈怠，对许多工作不闻不问，大量新的生产任务请求被搁置，这使许多对生活有新追求的人们非常不快。而且管理层内部为了给自己争取更大的权力明争暗斗得不可开交，对整个圈内的发展却漫不经心。

这时还没有崭露头角的周怀仁正值壮年，他经历了金融市场的强势、物研所的危机到金融市场的灭亡和当下新的世界格局，认为圈内迟早会出现危机，而且从事技术工作多年，他开始有新的技术理念，而僵化的体制又使他无法大展拳脚。由于之前一直没有参与物研所的重大事项，周怀仁显得势单力薄。他多次向管理层请示，适当开放圈内生产物资交易，不仅没有被批准，反而受到了警告。他也发现新的兑换体系没有现成的可以参考的方案，开放交易很有可能回到之前振荡多次的老路上去，他现在就处在这种既欢欣鼓舞但同时又焦灼难熬的状态之下，这种感受又是很少人体会过的。

总的来看，圈内圈外的生活基本一派祥和。但以刚性结果导入的体系总是经不住时间的考验，即使此时的物研所早已没有外来的威胁，然而圈内生活的矛盾正在酝酿之中。

由于对指定的工作任务缺乏足够的核验标准，偷工减料变得极其普遍，圈外的情况更是如此，而这些不合格的产品通过分配传递到了整个社会，看似生活设施与原本相同，实际上人们的生活质量大打折扣。人们纷纷抱着侥幸的心理希望用不合格的产品换取优质的产品，然而这种情绪在哪里都是一样的，结果产品的质量一路下滑。面对这种情况，当局也只能简单地划出最低合格线。如果合格线突然拉高，不满的情绪会变得非常强烈。在如此发达的时代，宽于律己严以待人的情况还是普遍的。之前市场的运作至少能把一些劣质的产品逐渐淘汰掉，但在现行的简单流通的环境里要解决这个问题显得非常困难。

然而积极进取的人总是有的，希望过得比周围人好的想法也是普遍的，新的生产任务更新缓慢，满足不了他们对生活的向往。虽然有些人拥有一些稀有的生产物资，但时日一长也失去了新鲜感，他们总是希望有更新的东西进入他们的生活。但就像任何时候都会有活得自在的人，对生活要求不高的人真是选对了时候，他们也不用对付不断更新带来的压力，也不用担心自己的劳动成果出现贬值。

对于那么多年都能沉得住气同时又才华横溢的人而言，周怀仁之后的表现应该会令人感到惊艳。

自从周怀仁进入物研所以来，一直从事物质分离传输技术的开发和利用工作，这在整个物研所里都已是非常复杂的项目了，当然在技术上物研所的人才从来是不匮乏的。有一大堆试图想把人类文明大举推进的年轻人，疯狂的执念是他们生存唯一的动力。而在这种僵化的体制下，他们的发展时常受到制约，在许多时候显得格格不入，受到嘲讽已是家常便饭，常常陷入试图怀疑自己的焦虑之中。其中就有不少人因反抗体制而神秘地消失了。除了完成基本的生产任务，周怀仁依旧将大量剩余的精力投入对技术的探索，而这些在目前都是没有回报的。他希望首先能够分离出指定物体所有的氢元素并且转移聚集到指定空间。几百年如一日，无数次的探索都没能打开这扇渴望的大门，但周怀仁慢慢看清了其中蕴藏的规律和应该发展的方向。然而许多同事都不知道他在从事这项研究。与大多数人一样，他闭口不谈他们不了解或者不感兴趣的事情，只和一些从事一样复杂项目研究的同事讨论技术发展的问题和对人世间的看法。这使得周怀仁不管身处何处都非常融洽。

非淡泊无以明志，非宁静无以致远，周怀仁的能耐可见一斑。他谦和低调又自信笃定的品质吸引了一大批愿意追随他的伙伴，即使眼下没有什么迹象，但他们冥冥之中觉得周怀仁会给这个世界带来前所未有的改变。

晴空万里惹烟雨，莲出淤泥知境遇。

黄沙百战穿金甲，宽衣小酌恋家常。

第三章　虎伏深山听风啸，龙卧浅滩等海潮

李济天已经许久没有出现在公众的视线之中了，社会后续的发展令他感到力不从心。而且管理层内出现明显的拉帮结派的现象，多位元老级成员因为异党的谗言而长年不见天日，不少人因此含恨而死。权力的更替更是管理层内讳莫如深的话题。由于缺乏新的生产任务和生产物资，人们对自身生活的标准越降越低，身陷临界最低生产线的人越来越多，成了下限人，而对于娱乐的渴望却非常大。而圈外却是另外一番有趣的景象，之前哀鸿遍野的惨状，在几代人的努力劳作之下变得再次兴盛起来。他们对于圈外仅存的少量能源和原材料深加利用，并且不断勘探新的能量来源，从而逐渐摆脱了对圈内的依赖。不但新的货币开始在圈外流通起来，而且消费娱乐也开始初具规模。这种独具特色的圈外风情渐渐吸引了试图了解外面的圈内人，成为他们暗地里度假的圣地。

为了防止圈外生活方式和思想方式渗透到圈内，污染圈内的纯洁性，物研所自上而下开展了整治圈内作风的专项行

动。一些未经批准私自开展的生产活动都被清除，先进的生产物资向下流通的情况得以遏制，因私下交易生产物资而被处决的人络绎不绝。虽然表面上金融市场已经消失多年，但在“边界供应”圈内仍然有人暗中成立了通用兑换媒介的机构并对外发放，多种媒介同时在地下用于交易流通。而这些人都被游街示众并满门抄斩，周怀仁的不少伙伴因为私自开展未经批准的生产活动而受到处罚。但吉人自有天相，周竟没有受到任何人的举报，安然无恙地继续着他的工作。

幸运的是，此时周怀仁的技术探索有了新的突破，他的装置已经能够做到感应物体内部氢元素的分布状况。而时局的紧张也让周行事倍加小心，关键是他明白圈内现有僵化的体系迟早会崩溃。虽然目前不清楚自己的新技术能带来什么变化，但他坚信前所未有的技术会创造前所未见的世界。他开始游说一些之前愿意追随他的伙伴一同加入物质分离传输的开发中来。他顺利吸纳了一大批从事各个领域的顶尖精英，开始齐心协力推动此类技术的发展，他们纷纷为之后的生活打算着。

楼高见孤雁，展翅即可飞。

随着焦灼的时日慢慢过去，年老体衰的李济天已经很难掌握自己曾经创造的世界，圈内堆积如山的问题搞得他焦头烂额，身心俱疲。他希望能够尽快找到年富力强、合适的人选接替领袖的位子。此时的管理层都垂垂老矣，但还是在论资排辈，为着亲自掌管天下的日子打得不可开交。

由于周怀仁的团队不断壮大，引起了管理当局的注意和担忧，他们开始派人彻查周怀仁的底细。调查得到的结果也令当局十分震惊同时感到深深的不安，因为物质传输技术自打收划所掌管以来就被列入严令禁止涉足的领域，这类技术的发展会对时下的整个局面造成颠覆性的影响。最让他们直接感受到恐惧的是，他们发现周怀仁的组织已经将氢元素分布感应器笼罩了整个人类文明到达过的地方，这让他们相信这是周怀仁精心布局的有预谋的反动计划。

事不宜迟，管理当局火速组织安监小队开展对周怀仁组织的抓捕行动，但到达现场时才发现周怀仁的组织已经人去楼空。原来周怀仁早就料到自己的行动迟早有一天会被当局发现，也早早派了眼线安插在管理层之中。得知要抓捕自己组织的消息，周连夜协调同伴秘密转移了阵地，并且带走了所有的设备和储备物资，这也让他们知道剑拔弩张的时候就要到了。

如果只有之前的氢元素分布感应技术，他们是没有任何还手之力的，但令他们捷足先登的是一项重大的技术突破，这也成了周怀仁及其组织的救命稻草。原来他们已经实现了将指定物体表面的氢元素进行分离传输富集的技术。但目前的手段无法保证脱氢物体保持原状，许多物质的表面被剥离氢元素后会纷纷瓦解，直到氢元素全部脱离完，并且在这个过程中还会释放大量热能。由于缺乏理论的细化和具体的实践，目前还不能排除有些反应会引发爆炸的可能性，还有许多具体的情形需要论证。

对于这项技术的应用还处于实验探索阶段，本没有打算大规模使用，但作为目前唯一可以保护自己的利器，周怀仁不得不建造更大功率的脱氢装置。为了满足更大功率机器对能量消耗的需求，他们在第一时间建造核聚变反应堆，并夜以继日地打造防御体系。

李济天对于此次抓捕行动的失利感到非常愤怒，随即下令圈内各级单位搜捕周怀仁。然而圈内经过几周地毯式的搜查，都没有得到关于周踪迹的有效情报，这让当局怀疑周及其圈内同伙已经悄然逃离了圈内。

果然不出所料，为了给自身建设争取更多的时间，周怀仁将自己的基地迁移到了圈外预先规划好的人迹罕至的地方。鉴于工期紧张，劳动力严重匮乏，周怀仁不得不从周围押送一大批与此事毫无关系的圈外人进行廉价劳动，并且大肆开采圈外本身就所剩无几的能源，这使圈外一时间群情激愤。人们纷纷请求圈内人伸出援手。

得知具体消息之后，圈内人当即进入全民战备状态，派出了声势浩大的武装力量，试图将周的组织一举歼灭。因为不清楚周怀仁的技术进展情况和其可能拥有的巨大威力，所以攻势没有贸然展开，正静候在周围（实则有几千公里）等待其劳顿之时再发起压倒式的攻击。而周怀仁此时并没有发现自己此刻已是俎上鱼肉，并没有加强对外的巡视。趁着劳工休息，基地松懈之时，李济天一声令下，所有整装待发的攻势铺天盖地地向基地涌来。密密麻麻的超高音速飞行器在茫茫宇宙中划出道道亮光，直奔周怀仁的基地而去。而成熟的氢元素分布感应系统观测到基地周围氢元素的极速移动，立刻触发了防御警报装置。周怀仁在睡梦中惊醒，事已至此，只能背水一战。他随即启动所有脱氢设备，锁定吸收距离基地 1000 公里以内的所有高速移动的氢元素。于是以基地为中心的外在空间由近及远变成了一场规模宏大的烟火表演，星星点点的火光在夜空中绽放出光彩，照亮了整个天际，宛如在庆祝一个新时代的到来。虽然早期少量的攻势突破了防线，对基地造成了一定程度的损伤，但基本上主要的核聚变反应堆和脱氢及收集装置都得到了保存。但由于分解及爆炸产生的热量导致基地周围的温度不断上升，这迫使周怀仁不得不扩大对敌脱氢范围的距离。由于在指定范围边界脱氢反应的持续进行，逐渐形成了一道封闭的热障，许多攻势刚靠近防御边界就被气化了。但看来当局是下定决心要消灭他们，后发攻势不断持续并且愈发猛烈。虽然扩大了防御范围，基地周围的温度还是不断升高，而且储备的能源正在被迅速消耗。就在这迫在眉睫之时，周怀仁当机立断，命令适当缩小防御范围，调动一部分机器开始定位分离圈内管理层所在区域的所有氢元素，并发出信号请求和谈。刚开始当局对此请求不以为然，但随即发现自己周围的所有事物都开始被分解，不少同事瞬间变成了矗立的躯壳随风消逝。这样一来李济天觉得自身难保，立马下令停止进攻，同意谈判。面对眼前满目疮痍的空旷废墟，李济天不禁感叹世事无常，新时代具有不可阻挡之势。

在双方火力紧张的对峙下，周怀仁及其随从一同前往李济天的新官邸（之前的官邸受到了一定程度的毁坏）进行谈判。途中还接到不少圈外人关于打开“边界供应圈”的请求，他一律没有给予回应。作为目击了那么多兴衰的人而言，周怀仁非常清楚现在取消圈内外差异极有可能会回到之前历史的循环中去，几千年的探索可能又要毁于一旦，但圈内僵化的体制是一定要改变的。就在一路劳顿之后，周怀仁在没有任何接待仪式的情况下，来到了李济天的官邸。他直截了当地告诉李济天自己的技术可以完全摧毁整个圈内社会，之前的情形是有目共睹的，他希望李济天能自愿退出圈内的管理，并一同解散管理层。而此时李济天也显得非常镇定，并没有马上回绝周的提议，他正为以后的发展急得一筹莫展，他非常愿意听取周怀仁的意见。周怀仁希望将基地迁回圈内，并在圈内设立核心发展区，保持区外一定规模的现有制度，并接受区内的管理；适当开放区内市场；承认李济天及其管理层对于社会建设的正面贡献，所有成员都以战略顾问的身份得到相应的待遇留在区内。李济天询问周怀仁贸然开放市场岂不是又会走上之前发展的老路，那么消灭金融市场所付出的牺牲将会付诸东流。

周怀仁对李济天的质疑非常理解，这也是他最为谨慎考虑的地方。他回复道：“对于这个问题，我一直放在心里，虽然眼下确实没有建设性的方案，但希望给予我探索的机会，在初期开放市场时严格控制流通媒介的操作方式，并不断深化对流通本质的探索，从根本上杜绝产生危机的可能性。我发誓永远不允许再打开金融市场的大门。”

李济天当然也希望不要再次扩大武力冲突，这极有可能造成毁灭性的灾难，而且认为周怀仁有能力胜任领袖的位子，但还是要与管理层及人民进行协商。

在听取了对方意见之后，双方承诺在指定期限内不再发生武力冲突。这次会面的时间很短，结束后周怀仁的代表团便低调返回了自己的基地。

李济天方面立马召开了管理层大会，传达了此次谈判的主要内容，并征求与会者的意见。李济天表示自己愿意主动退出管理层，并希望大家能够配合管理层解散的安排。很多人纷纷劝说，提出可以选拔圈内人实行新政，直面周怀仁的威胁，将战斗到底。李济天非常明白圈内其实并没有更合适的人选来执行新政，周怀仁是千年难遇的大奇才，而且对抗是不可能的选择，他不可能将人类的存亡作为赌注。这个时候想篡权夺位的人行事就开始愈发猖狂，有些人在暗地里伺机发动谋反。对于这种情况，李济天果断进行了抓捕。

在各方面安排稳妥之后，李济天首先将新决策的预案公之于众，大多数人非常支持新政策的做法，当然漠不关心的人总是有的。而圈外人也开始慢慢无法理解圈内的世界。在听取了广泛的民意之后，李济天与周怀仁展开了第二次会谈，约定地点依旧是李济天的官邸。李济天要求周怀仁在进入圈内之前，必须约法三章，将今后需要兑现的事项提前告知天下，所有这一切都应该受到人民的监督。周欣然接受，开始磋商核心发展区的规划建设，并提出将圈内人口最集中的区域划为核心发展区，保留原有先进生产力的人口，将其余人口安置在区外，仍旧保持对圈外的所有政策。李济天对此表示首肯，并详谈了之后具体的细则安排。

会面数日后，周怀仁向圈内所有人民宣布了对新政策的承诺，呼吁民众一道建设可持续发展的新秩序。周怀仁精彩的演讲使得不少要求进步的人士备受鼓舞。在向人民承诺了约定之后，周怀仁的基地开始按部就班地搬回圈内，开始建设预先规划好的核心发展区。

但周怀仁知道当下的人类文明有一个至关重要的问题亟待解决：就是现行体制过分依赖地理划分，这导致人类活动范围受到限制，但目前广阔的空间并没有让人对这个问题产生过分的担忧。其余的事项随着工作的开展慢慢得到落实，但对于这次改革中最复杂也最核心的市场建设问题还没有定论，周怀仁对此非常谨慎，并决心倾注他的所有的心血。

如果发行和之前一样的简单货币，市场演化的情形很有可能重蹈覆辙，对根本原因的探索是极为艰辛的。在没有开创性的方案下，只能仍旧发行简单的货币，而在流通操作上进行限制，对借贷融资等手段进行严厉监管。但周怀仁也非常明白，简单的流动无法实现市场更大程度的繁荣，但这已是现在最明智的选择了。于是他临时组建中央银行，在对市场需求进行分析之后，发行了适量的货币，并开放物资买卖市场。区内人们的气氛也顿时开始高涨起来，交易量呈现爆炸式增长。

作为金融市场的葬送者，李济天对金融市场的思考应该非常深刻，也一定有一些经验可以借鉴。在将李济天及其之前的管理层安顿好之后，周怀仁多次拜访李济天，与其交换对金融市场危机爆发原因的有关看法。从对之前圈内实行的政策的分析中周怀仁发现有一条规定显得非常不一般，他认为这是李济天对金融市场核心矛盾思考后做出的改进。

他向李济天请教："为什么不允许更高生产水平物资向下流通？"李济天回答："我认为金融市场危机的产生，是基本流通媒介不加分辨地广泛流通造成的。所有的人性都在其中运作。贪婪作为人难以根治的属性，当它向消耗倾斜时，整个金融市场流动性也会发生相应的偏转，整体运作的结果就是生产气息慢慢枯竭，而消耗率不断升高，最终导致整体崩溃。而在这个过程中你可以发现，生产力水平不高的区域竟然在消耗他们内部无法提供的高水平生产力物资，我正是希望从这一点上进行改观而设定的这一条规定。"李济天的讲述让周怀仁备受启发，周陷入了沉思。

同时他发现每当金融危机产生之时，就会有人试图改进货币本身，一些如虚拟货币等形式的新型交易媒介会不断涌现。但是这些创新的媒介体系会在金融市场动荡造成大规模冲突，人口出现重大新陈代谢之后几乎消失殆尽，原本的货币体系又会重新焕发生机。他觉得这其中一定蕴藏了人类发展中本质的道理，只有从更根本的地方解开那个结才能避免在现实中不断地重复。与此同时他突然意识到自己的新技术前所未有地改变了物质流动的方式，能不能在这个技术的帮助下带来新的改变。李济天为此皓首穷经，多方求教。

由于之前氢元素分布感应器完美地覆盖了所有人类文明能够到达的地方，又能够精准分析到人类活动过程中氢元素的流动，而周怀仁的管理层又能按照自己的意志控制其中的流动性。这对于建立新的流通体系而言具有不言而喻的可行性，但目前对于物体氢元素的分离技术还无法做到快速精准的控制，反应过程中还有不少不确定性需要验证。技术的局限性导致其目前的应用还不能大行其道，当下正是处于技术开发和应用探索同步进行的阶段。看来努力的方向总算是找到了！

风雨飘摇浑不动，一心求索功夫深。

红袍袈裟经纶布，火眼金睛指明路。

第四章　万事俱备东风使，滔滔江水藏不住

圈外的生活同样非常值得关注。自打“边界供应圈”划走了所有人口最密集的区域，并且严格限制圈内外物资和人员的流动，因而圈外鲜有人口暴增的情况出现。圈外人口基本处于稳定状态，生产水平也得保持相当稳定，人们的生活方式也相当稳定，而且再也没有出现金融市场现象，但是社会体制的权力已高度集中。在圈外生活的基本都是圈外人的后代，而被圈内赶出来的人们基本没能在圈外生存下来。

周怀仁还特意翻阅了当时刚建立“边界供应圈”时被赶出圈外群体的档案。根据当时的记载，赶出圈外的群体基本可以分为两类。一类是教育水平低下，从人口较为松散地区流入的群体，这类人主要从事色情交易辐射的领域，但这个群体在金融危机爆发之前相当长的一段时间内生活得相当滋润。还有一类人群特别引起了周怀仁的关注，这类人可谓在当时有能力接受最高教育的人类精英，曾经游走在尖端科技和金融市场之间，但较少亲身参与尖端技术的开发，而将大

量精力放在金融市场运作上。这两类人巨大的反差却在某些表现上非常一致。对历史中这一小小片段的研究，让周怀仁深深地感受到人类文明的变化多端，难以预料。

再将视线转回圈内，区内经济异常火热，同时区外以人民公投的形式征求区外人民是否愿意加入区内，当支持人数超过一定比例后，相应区域即划为区内发展。而多次公投的结果也显示大多数人都愿意加入区内，这使得核心发展区在圈内迅速扩张。但仍旧有一批人偏偏喜欢过既定分配的生活。自从区内允许交易的市场开放之后，人民拥有的生产物资开始不断丰富，许多更受欢迎的新产品立刻占领市场，大量陈旧的生产物资被逐渐淘汰。这使得区内对外发放的生产任务也开始加快更新，当然这也给区外原本只为满足基本生存需求的人带来了更大的压力，时常面临着被逐出圈内的风险。但随着圈内社会建设的不断完善，更多社会问题都得到了充分的考虑，由于在这个时间将这批人逐出圈外，很有可能将它们置身于无法生存的境地，不知是出于何种考虑，周怀仁决定适当降低生产任务的更新速度，依旧保留原有分配制度，以维持这部分人的生存。这也成为圈内区外别具特色的景象。不知是何原因，区内经济快速复苏开始逐渐超越之前金融市场最鼎盛的时代，可当下市场基本流通媒介的操作方式显然远比之前金融市场大行其道之时单一得多，这样看来市场基本流通媒介的操作多样性和与之对应的市场繁荣程度并不是完全相关的。

在实体经济大步向前迈进的同时，顶尖科技的发展也逐渐找到了动力。有关氢元素分离传输的技术不断出现新的进展。大量实验对各种物质氢元素分离的结果进行分析之后，不断改进技术工艺，已经能够对越来越多种类的物质更加精准地实施氢元素分离，并且对分离后物质形态和能量释放的状况进行了有效控制。

而对于新的流通体系的探索也没有停止脚步，这个时候周怀仁把目光重新投向了之前虚拟货币演化的历程。从其中可以发现虚拟货币的某些特征与理想中流通体系具有的性质不谋而合，在此时汲取其中的精髓恰逢其时。单从虚拟货币产生的时间节点可以看出，它们往往是与金融危机同时出现，在之前金融市场热火朝天之时却几乎找不到它们的踪影，而且在经济重建过程中也很难有它们的痕迹。而且不少虚拟货币的产生机制就与当时流通的简单货币有着本质的区别，它们往往是通过技术手段产生，而不是通过社会机器决定产生，在流通中也无法和通行货币抗衡，使用的规模微不足道。其流通操作节点具有相应门槛的特征，和李济天严控流通时代别有用心的那一条政策在控制流动性上有类似的效果，而这种可交易的方式更加灵活多样并且不受地理条件限制。

设计交易门槛又是一个让人十分头疼的事，需要考虑的方面非常多。对操作场景的普适性，对操作真伪的判断，对门槛本身之于整个市场演化的关系等问题，注定了这不会是一次一帆风顺的旅途，而是对人类灵魂的又一次深刻拷问。

门槛的设立很有可能导致市场的分裂，这就相当于要给人类文明划出一条明显的界限，甚至更多界限，如何选择这个界限才是妥当的呢？接踵而至的难题劈头盖脸地向周怀仁一通甩来，寝食难安的感受确实不是普通人能够应付的。

生活如果只是为了应付这种问题而存在的话，是要把人逼疯的。幸好还是有一些闲暇时间留给周怀仁去享受美好生活的，无处不在的欢呼声是他最大的欣慰。还记得之前李济天的管理层吗，他们还在为新世界继续贡献自己的智慧，但由于年事已高，离开人世的情况非常普遍，媒体上隔三岔五就出现追悼他们的报道。虽然人们不愿意回到过去，但对于过去的感情是永远抹不掉的，他们正在向一个短暂的时代做告别。但新生代的年轻人对此却无动于衷，他们正忙于把握新时代给予他们的新机遇。

新的流通体系确立尚需时日，而有一个现象正在越发显现，一些交易量比较大或者人们向往的空间被许多人买断。经济的发展造成兑换这些空间的使用权的成本越来越高，有些人显然已经成了“地主”，坐拥经济发展的成果。为了买到好的空间，物资交易的价格也开始上涨，对货币流通量的需求不断上升，这可不是周怀仁的管理层希望看到的。这种情况在历史中不知发生了多少次，但最终都没什么改观。不管怎样，周怀仁果断决定进行调控，将空间购买权与购买者生产能力直接挂钩，必须与该区域生产水平相匹配，生产水平达不到该区域平均水平没有购买权；单位空间租售价根据该地区生产力设立最高上限；个人占有空间体积不得超过该地区室内人均活动空间，超出部分以规定价格出售所有权，尽可能让不参与经济建设的人无利可图。此举一经实施，许多之前大量购买空间的人不得不以规定价格出售超额的空间，其实这些人往往没有其他的技能，靠着租售空间过日子。这样一来区内闲散人口开始增加，不少人都已岁至中年才开始再就业。这也导致了一些不稳定因素的产生，区内犯罪特别是色情行业慢慢壮大。

看来现实和理想之间“永远”都有距离，问题只是以不同形式在表现。要堵住不劳而获的缺口还有很长的路要走。而一个血淋淋的现实也必须考虑到，就是对于生产者同时应该具有淘汰机制，这可能也是现实生活中人们最不愿接受的地方。当然对于老人和儿童设立了专门的供给系统，但因不可抗力的因素导致的生产效率低下的群体将很难在当下生存。是否应该设立社会福利体系呢？周怀仁认为这些不愿意劳动和生产效率低下的人正好可以安排到区外既定分配体制下去生活。这样做确实能顾及更多的情况，不让他们直接面临生死存亡的考验。

这个时候氢元素分离传输技术又传来了重大突破的喜讯。与之前只能从物质表面开始分离不同，这次实现了整体同时分离，并能够保持物体原有形态，所有人类文明能够触及的氢元素都能够任意传输。这表明此项技术已真正走向成熟，也预示着新世界将迎来高潮。有了技术可靠的保障，管理层开始大张旗鼓地准备前期建设工作。新体系主要是为了实现保证生产不低于消耗和不同复杂度行为之间不相互渗透这两大目的。如何将新技术和新体系关联起来，实现预想的目的呢？

首先，目前的氢元素分布非常广泛，人体本身就含有大量氢元素，将它直接作为货币的想法不太实际。管理层最终的做法是：①回收之前发行的货币，然后新发行的氢元素通通经过单独标记上传氢元素分布感应系统，时刻掌握其最新动向，防止一些诸如轻核聚变等意外状况导致增加或减少发行的数目；②每个个体根据当下生产力水平分配相应一定数目的氢核素，储存在每个个体的氢元素收集装置（即个人账户）中，每个氢核素没有面值之分，按照个人意愿用于交易，完成交易后指定氢核素直接传输到对方账户上；③每个发行的氢核素都分配到个人，在氢元素分布感应系统中具有三个参数（所有人、所属标记、空间位置），可以建立家庭账户（由婚姻或抚养关系组成的社会单位），家庭成员共享氢核素，但不管什么形式，氢核素所有权都具体到个人；④个人可以向发行单位借贷一定数目的氢核素，但有明确上限，而且个人账户处于赊欠的个体无权再次借贷，长期借贷数目在一定数目以上的个体将失去区内居住权，驱离至区外。

看来这一次并没有设立交易门槛，主要是由于对门槛设立的理论尚未形成，并且实际实行缺乏足够把握，但有限的氢核素决定了个体只出不入的交易次数非常受限。这导致在市场极为透明的情况下，不同生产力水平个体之间不敢轻易交易，大家希望在相近生产力水平之间做生意。成熟的技术可以保证诈骗抢劫等情况造成的损失快速被追回。早期人们纷纷想买更高水平的物资，这导致低水平的物资没人购买，对应生产者入不敷出，结果可想而知，买更高水平的次数是有限的，而且信用不好的会面临无人购买的惨状。这样一来，交易次数明显下降，在还没有足够信任的初期物物交换比较常见，人们对于交易对象的生产力水平非常关注，相近生产水平之间不断协调交易。时间一长，不同生产水平群体形成了相应的交易圈子，圈子内互相监督。口碑对于一个人至关重要，失去信用会很快破产。氢核素发行数目只根据人口做适当调整，目的是限制个体交易频率。这也使产业链打造周期延长，但一旦打通会非常良性，寄生虫无法在其中生存下去。

在这个体制运作下鲜有出现被区内淘汰到外边去的现象，每个人都陆续找到了适合自己生存的圈子，看来这次的尝试初获成效。当然色情行业依旧盛行，这个行业可谓人类文明中的“小强”，除了在物资极度匮乏的年代有所妥协，其他时候都能找到自己的发展方式，与所有文明相伴共生，人们对它的态度一直讳莫如深，就像人对自己的态度一样。

随着人们生产分工配合程度的提高，可以用于娱乐的开销有所增加。不同生产力圈子发展日趋完善，纷纷形成了各自对美的理解和追求，人们更习惯在自己的圈子里接受教育，虽然政策上在区内没有地理的划分，但基本每个圈子都生活得比较集中，即使有相互渗透的现象，基本也是以小聚居的形式存在于其他圈子中。更高水平的生产方式也不断出现，然而生产水平越低的群体的生活变得越发固定，没有任何向前的动力，他们对生活非常坦然，过着随遇而安的日子。当然总有人抱着侥幸心理打起了伪造氢核素的注意，毕竟每一个氢核素都那么珍贵。他们试图仿制标记形式，结果还没流通就立即被灵敏的氢元素分布感应系统发现，销毁了。

由于生产机器的建成，留给人们更多的闲暇时间。在生产水平较高的圈子中，同时出现了严重肥胖和肌肉萎缩的人，暴殄天物、大量挥霍生产物资的行为屡见不鲜，他们为如何消耗物资绞尽脑汁。然而这部分人在机器建设和维护更新阶段精神长期处于极度紧张状态，精神异常的情况时有发生。这个时代没有具体的工作时间，夜以继日的劳作更是家常便饭，不少人死于高强度的工作，人的意志力强得可怕。但机器生产一旦建成，他们就开始享受极为荒淫的时光，试图弥补过去的辛苦。也有人厌倦了这种两极分化的生活，向其他圈子靠近。过剩的生产力导致一些人选择包养其他圈子的人，共同分享美好人生的不同方面。也有人想把剩余的物资卖给低水平的圈子，确实也有人占了这个便宜，但这种情况马上被圈里人制止，以防止圈内用于交易的氢元素不断通向上游，破坏圈内正常的交易环境。

社会空前的和谐，使周怀仁沉醉于无数的赞美之中，整日生活在无限美好的遐想之中，他认为这个体系已经将人类带到了终极文明，重大的冲突再也不会发生，因此也逐渐失去了对技术开发的执着。由于氢元素分离传输技术的日趋完善，几乎整个管理层都开始停止了对物质的探索，但永远不要忘了年轻人，就像曾经傲视一切的他自己，在年轻人眼中世界很容易变得不完美。

区内被包养的情况越来越普遍，甚至出现整个圈子都被包养的情况，成为高水平生产群体的宠物。在这个过程中，高水平生产群体的活动范围开始不断地扩张，使得不同圈子间的冲突开始上演。冲突并不激烈，除了起初一点点的抗拒，都最终习惯了被包养的生活，过着比原来安逸很多的生活，只要他们变成主人希望的美美的样子。不过说实话，他们确实很美，远胜于他们的主人。他们遇到的最糟糕的情况就是被没心没肺的主人舍弃，无处安身，只能祈盼着新主人的到来。这些人闲散的氢核素也逐渐流入了主人的账户中，这也使得生产力水平较高的群体之间的交易更加频繁。很多人想为自己的生活增添新的乐趣，他们非常渴望领略没有到过的世界，不断有人向管理层请求废除核心发展区和“边界供应圈”的限制，将圈内繁荣扩展到更广阔的空间。周怀仁也认为自己体制已经消除了地理上的限制，于是下令废除所有界限，开放所有空间。

拆除屏障的第一天，区内的人像决堤的洪水一般肆无忌惮地淹没着自己从未触及的空间，有些人举家迁徙，直接带上自己的生产机器在外边安营扎寨定居下来。圈外人被这股势头冲得七零八落，更不要说进入圈内探个究竟。社会学家开始研究这些“史前人类”，不少人直接被用于生物学研究。没过几天的时间，这些原本圈外的空间立马布满了圈内人的足迹。圈外原有的文明任由他们摆布，丝毫没有还手之力，随时面临着被肢解的风险，这也使圈内人感受到了从未体验过的快感。而且随着向外扩张的脚步，整个人类文明活动的范围迅速扩大，人们总以为圈外还有没有发现过的文明，原本大量闲置剩余的生产物资在这次大规模扩张中得以消耗，同时空间技术也得到了快速发展。

面对空前庞大繁荣的人类文明，周怀仁的胸怀也变得无比开阔，却放松了对世界的警惕。

第五章　海升明月风亭过，轻车小帐已入眠

人类文明的迅速扩张，导致了一个非常现实的问题，人类活动的许多区域超出了原本建立的氢元素分布感应系统的覆盖范围，已经出现一些发行的氢元素脱离监控的情况，这对整个流通体系的危害不言而喻。对于这个刻不容缓的问题，是不是应该马上扩建氢元素分布感应系统呢？这样浩大的工程可不是一朝一夕能完成的。于是管理层将目前氢元素分布感应系统覆盖区域设为人类的合法活动范围，并向越过边界的人类发出最后通牒，务必尽快返回指定范围，在最后期限内没有返回的个体通通以非法出境为由进行通缉。

当局对离境的人员非常重视，毕竟能跑那么远的家伙一定都不简单。在这些不简单的人中就有一个叫库耶斯的年轻小伙，他是氢元素分离传输技术开发与应用的重要组成人员之一，在物质分离传输方面颇有独道见解。年轻气盛的他认为自己可以独当一面，建立属于自己的世界，而此前边界的开放让他找到了机会。

在离境名单中发现有库耶斯的名字之后，周怀仁立刻安

排了大批搜寻力量追踪他的足迹，但一直都杳无音信。很多出来的人见到了外面的世界，就不想再回去，回到那个由别人制定规则的体系中去，总想以自己的意愿过上自由自在的生活。为了防止人们在边界进进出出，扰乱社会秩序，管理层将边境一定范围内划为边禁区。未经批准进入该区域的人会受到严重警告，如果执意继续前行将对其进行整体氢元素分离。周怀仁也没有打算扩大氢元素分布感应系统的规模，因为目前的空间完全足够让所有人在其中休养生息了。当然大多数人并不关心这些，只有疯狂的拓荒者才会去探索那些人迹罕至的空间。

人类空前的繁荣，正大规模地改造着整个生存空间，目光所到之处几乎找不到成形的星体，所有物体都成了星际物质在宇宙中穿梭，璀璨的人造光源照耀着每一个原本黑暗的角落，从很远的地方看去就像一个巨大的恒星。之前散落的文物都早已被发现并得到保存。而引力场理论几乎找不到自己的用武之地，人们很早就明白物质运动与整体结构直接相关，只有环境复杂度处于较低水平时引力场理论才会深得人心，而在环境越发复杂的区域，其运动也一样复杂多变。而复杂的环境每时每刻消耗的能量也大得惊人，氢元素被大量开采为核聚变供能。能量消耗无法避免的热量散失，导致整个体系都在膨胀。这个现象在刚开始并不明显，但慢慢出现一些氢元素分布感应系统无法探测的空隙，原来氢元素分布感应系统也在同时膨胀，需要经常进行更新维护。为了防止无休止的膨胀，管理层计划在原本氢元素分布感应系统上再集成冷却系统，将目前无用的物质向外释放，以维持体系的热稳定。

由于边境逐渐封锁，出入境的情况基本得到了遏制。而之前离开边境线的人不少因物资短缺而没能继续生存下去，但库耶斯在出发之前早就做好了充分的准备，对于各种可能碰到的情况都做了预案。和他一行的都是区内曾经的佼佼者，认为原有的体系束缚了他们的才能。他们掌握的技术非常强大，他们非常明白只要能够点着“火”和找到“食物”，生存就基本没有大的问题。当然事情没有那么简单，但是在拓荒过程中也管不了那么多了。完善的物质合成技术能够保证人体所需的营养随时得到补充，一同携带的氢元素探测分离收集及聚变供能集成系统可以为他们在茫茫的未知世界中点燃生命之“火”。途中他们还收纳了一些迷途的拓荒者，最终在离原有人类文明很远的星系上一起安顿下来，开始为人类文明打造另一片天地。

氢元素分离传输的实用性让他们尝到了甜头，但也让他们看到了局限性，并不是所有地方都广泛存在氢元素，甚至遇到过因无法获得氢元素而能量几乎耗尽的险境。靠化学反应供能，他们渡过了不少困难，还有许多元素也是经常需要用到的，如果能实现所有元素任意传输当然是最好的了，这也是他们的终极目标。

但浩瀚缥缈的空间让库耶斯一行人感到寂寞，他们希望赶快人丁兴旺起来。如果光靠自然繁衍那实在是太慢了，他们随即启动快速复制计划。为了保证每一个个体都非常优秀但又能保持个体差别，他们对每一个受精卵都进行基因编辑，并通过催化基因表达速率，使成熟周期快速缩短，并输入预先设计好的记忆让他们尽快融入群体。为了保持初期建设队伍的生产力，他们培养了大量成员干细胞分化的器官组织，保证成员身体始终处于巅峰状态。

继续回到人类最初生长的地方，一项重大社会工程正如火如荼地展开，而且同样是生命科技的应用。周怀仁认为人类文明之所以会出现看似无法避免的兴衰更替，很大程度上是因为个体的新老代谢，导致许多记忆形成了断层，新生个体的出现导致社会结构重新排列，许多过去的苦难在一代人的离世后变得无人知晓，社会又不知不觉地向那个底部走去。如果人口稳定存在而且个体不出现衰老，社会演化会变得更加稳定，人们对于整个社会的流通情况都能了解，从而不断磨合自己在其中扮演的角色，最终整个社会将会达到前所未有的和谐，苦难将永远不会降临到人们的头上。

对于永生，周怀仁也非常痴迷，他正向社会大规模推广生物技术，保持个体处于年轻状态。但对于个体存在价值的判断，一直都悬而未决。人既然不能决定自己的生，那能不能决定自己的死呢？有些人并没有想一直存在下去，难道也要强迫他们接受这种安排？周怀仁的管理层尊重每一个个体的意愿，让他们自己选择是否接受生物技术改造，并且严格控制个体出生数目，这样一来确实大大降低了新老更替的速度，而且事实表明个体基因并不是封闭的，它会随着环境的改变而同样出现变化，人体的结构从来没有停止变化。

但有些想法还是过于天真，比如人的记忆并不时刻影响着人的选择，记忆本身也会随着时光慢慢消逝，而且记忆也只是当时生活的一个切面。即使眼下大规模使用生命科技，在人口存在极为稳定的情况下，也无法避免相似的冲突重复出现，人们还是会抱着侥幸的心理去试一试原本带给他们痛苦的事物，但必须承认的是冲突确实有减少的趋势。看来这次尝试还是带来了许多正面的影响，人们并不会因为理想与现实的差距而停止探索的脚步，一丁点儿的改观都应该得到肯定。

由于氢元素分离传输技术控制着整个交易市场，所以严禁任何私人机构和个体参与研发，为此所有参与相关业务的工作人员需要经过层层审核，在高度监控下展开工作。而物质分离传输技术的开发同样处于高度管控的状态下。人总是对自己的发家史十分警醒，自己开的路，就要管好这条路。当然周怀仁非常担忧出走的库耶斯一行人会对现有的社会做出什么举动。他多次派出强大的舰队一个星系一个星系地寻找库耶斯的下落，但由于库耶斯实在跑得太远，每次搜寻都一无所获，倒是发现了一些落后文明的存在，就好像目睹了文明发展的不同阶段。可这早就不是什么新鲜事了，大家早已习以为常，在人类长长的宠物名单上就有不少来自扩张过程中发现的低级生物。但真的从来没有发现过比人类更先进的文明，人类非常坚定地相信他们已是整个宇宙最高的文明。而事实也确实就是如此，除了一些遥远未被发现的复杂度相近的文明，更加复杂的文明等着人类自己去创造。

其实周怀仁的担忧是多余的，库耶斯一行人压根就没想过回来或者对原先的人类社会做些什么。他们作为人类文明的另一个分支正在新的热土上悄然发展壮大。在他们的历史中，他们只知道自己曾经来自一个非常遥远的文明，以及它大概存在的位置。

继续回到人类最初的地方，周怀仁对目前的流通体系一直不够满意，长期的稳定让人们失去了新鲜感，人们正憧憬着更加繁荣的景象。令很多人无法理解的是，虽然是周怀仁自己制定的流通体系，但他打心底里瞧不起这种简单死板的模式。周怀仁一直没有放弃对流通体系更主动的探索，而且有一个人在这方面独到的见解总让他看到希望。波尔曼是周一直以来最好的朋友，在技术上两人经常聊得热火朝天。他非常关注环境整体运动的规律，对事物演化的过程也看得更加全面。对于周怀仁一直朝思暮想的理想流通体系，波尔曼也希望能助他一臂之力。他向周阐述了自己在理论上的看法：在类生命形式刚出现之时，它们并不能稳定存在，和周围环境流通的结果很容易导致其散乱，只有极少数能幸运地保留下来，而这些较为稳定存在下来的体系，其流通方式具有一个共性，就是复杂体系内部形成了能够保护自己的流通闭环，这种闭环具有的强度可以确保它在一定风浪中生存下来，但是如果遇到更大强度的冲击，它照样是会分崩离析的。

人们憧憬的更繁荣的景象就好比新生的更复杂的体系，其内部也应该有独特的流通闭环，可是目前周对复杂体系的理解还不够深入，对如何判定一个体系的复杂程度一直都含糊不清。波尔曼表示对于复杂度的判定需要在理论上得到突破。周怀仁对此非常期待。

与此同时，由于边境排放不断加快，可排放的物质日趋紧张，冷却系统开始慢慢招架不住，必须尽快减少热量散失。而这是一个非常棘手的问题，放在任何时候都是如此。因为这又对能效提出了要求，就像之前讲的对于生产者的淘汰机制同样存在，这个要求远比让人劳作来得更加苛刻。但为什么许多物质的存在不需要考虑能效的问题呢？

可周怀仁的心思目前还真不能全部放在建设自己的理想世界上，原本的体系在发展了很长一段时间后，形成了新的局面。落后的生产力圈子基本被吞没，或被消灭或被奴役或被包养等，总之这方面的手段数不胜数。先进生产力队伍几乎控制了所有资源的供给，所以真正利用氢元素兑换的圈子几乎就剩下了一个。在这种情况下，限制交易频率似乎显得多此一举。而每一个生产力个体下面都供养着大批消耗能源的宠物，TA 们与主人有着约定俗成的交易方式，并不需要既成的中间媒介。被包养的个体确实在其中显得尤为漂亮，让人一眼就心生爱怜，简单而美的形式对人有着致命的吸引力。而 TA 们的同伴由于没能进入美的核心圈，成了为 TA 们效命的生产工具。这些倒霉蛋中有的非常明白美的重要性，稍有剩余的资本就努力向美靠拢，当然大多数人已经被生活驯服了，不管是否明白都已放弃了反抗。所以在有些人眼中世界永远只有两端，有的人活在天堂，有的人活在地狱。有些人认为自己是在为美丽的事业贡献自己的力量，虽然自己最终没能成为美丽的核心面向世人，但作为成就这番事业的一分子，TA 们同样感到骄傲。

既然原有的设计表面上已经不起作用，周怀仁的管理层逐步放开了氢元素的发行量。随着人均氢核素拥有量的增加，人们更加大胆地进行交易，交易频率节节攀升，借贷融资等形式竟开始死灰复燃。周怀仁对这种类金融市场的现象非常警惕，但经过相当长时间的实际反馈来看，人们的生产积极性并没有降低，物价也没有出现明显波动，市场整体在稳定中繁荣，可这种情况不管怎么看都和之前金融市场的某些阶段非常相似。通过与过去多次类似情况进行对比，这个时候，不光是周怀仁，更多的人不约而同地明白了一个能感觉得到却无法理顺的道理：控制主要生产资源的群体同时恰好又是交易主体，如果 TA 们之间的复杂度保持在一定范围内，用单一不加区分的媒介流通是没有问题的。管理层更是把这个道理进一步总结：在一个封闭体系内，单一简单的形式可以成为复杂度差距在一定水平内的群体的流通媒介并且能保持体系稳定。换言之，对于一种简单媒介流通的体系，如果交易群体复杂度差距不断拉大，体系将失去稳定。而且在一个稳定的体系中美的形式也非常稳定，稳定与美冥冥之中有着千丝万缕的联系。

但是有一个问题是，当下的交易群体不排除有分化的可能。不过周怀仁考虑到了这一点，而且措施也非常简单强硬，如果出现体系分化，就立刻回收一定比例的已发行氢核素，让新生群体重新互相辨别，形成各自的圈子。至少在目前来看，整个市场表现还非常良性，氢元素还在以一定规模进入市场。这可能得益于之前大举推进的人口精准控制工程，目前还在用氢核素进行交易的主要人群都几乎亲历过金融市场的浩劫，他们对历史始终保持着警惕。但这也只是一种猜测。同时周怀仁也非常想明白一个稳定的市场是否有交易极限，于是有计划地逐期发行一定比例的氢核素。在经过市场氢核素拥有量爆炸性增长之后，令人惊讶的是市场依旧保持良性循环，交易频率也出现了收敛的趋势，这也进一步验证了之前的猜测。

但世事难料啊，之前生物技术大规模地应用带来了新的挑战。一种之前从未被关注的微生物能够快速破坏人体的免疫系统，并导致机体衰竭，然而当下人们竟对它束手无策，其致死率高得出奇。并且巧的是这种疾病几乎在不同地区同时暴发，传播形式可谓无孔不入。这种恐惧快速蔓延开来，笼罩着整个人类文明。在世界的另一端，库耶斯在用生物技术使群体快速增加的同时遇到了相似的问题。而在他这里横行的是一种当地独有的结构简单的微生物，这是在他们“家乡”前所未见的玩意，人们对它知之甚少。

世界两端竟然在这种事上出现了交集，令人玩味。人们正为扑灭瘟疫众志成城，而这种出人意料的灾难又会给这个世界带来什么意想不到的结果呢？

第六章　锦缎云绸翩翩舞，夜色渐深勾人魂

自古以来，长生不老都是一个无法被证明的命题。几百年间，生物医学的高度发达早已将所有疾病攻克，所有病症都能找到治疗的手段，并且新的疾病一直没有出现。周怀仁原以为只要人想继续活下去，现行和更加发达的技术就能满足他的心愿，而这种幻想似乎就要破灭了。上天似乎对于死神长年累月的慵懒感到愤怒，下达令人发指的命令令它失了魂地到处肆虐。每当死神修身养性之后，再次出山正是他功力大增之际就令众生仓皇，小命难保。拯救苍生正是英雄的事业，而英雄永远不会缺位，只是有时英雄太过残忍。

对病发区域进行对比之后，人们发现此病因可能与温度升高有关。因为病症都以高温辐射区为中心向外延伸，而温度较低区域病发情况明显减轻很多。这样一来拯救计划也有了基本头绪，全副武装穿戴得严丝合缝的医疗小组从四面八方会集而来，奉命前往病灾中心。

而到达灾区后的景象，让医疗小组一度认为他们进入了

另外一个世界，不成人形的物体在眼前疯狂乱窜，体力不支的个体立即被同伴吞噬。有些刚刚变异的个体还没等他们反应过来，身体就开始变得臃肿不堪。四肢和头部慢慢变成管状吞噬体，不断搜寻着TA们死去同伴的气息。除了先进生产力圈子，TA们的宠物和奴隶都发生了病变，纷纷变成了带五根管状触手的吞噬体。但令人惊讶的是，在感染后相当长的一段时间里，虽然TA们的躯体发生了改变，但依旧保持着原来的克制。迅速变态的身体会快速分解体内养分，使机体时刻处于饥饿状态，不得不吞噬生命体来抑制这种难受的感觉。尽管处在这种极度饥饿的状态下，有些个体宁愿自己迅速衰竭也不选择互相残杀，甚至出现了自身触手之间相互吞噬的情况，其实TA们的痛觉感应早已萎缩，但看上去触目惊心。当然互相吞噬的情况还是普遍的，为了消除自己的饥饿感，成群的触手吞噬怪扭打在一起，并且招来了更多的成员加入。有的个体甚至在还未完全变态之时，就张开血盆大口想吞噬自己的同胞。而出于仁慈没有选择吞噬别人的个体快速衰竭而亡，而选择不断吞噬对方的个体由于消化循环速度有限，身体不断被撑大，在吞下最后一口后自爆而亡。难道就没有变异后仍能长时间生存的情况存在吗？答案是有的。有些个体变态得并不完全，还保留着一些原先人的特征，TA们抑或保留了头部，但早已失去了对身体的控制；抑或保留着一只手臂，也可能是一条腿，这种不伦不类的样子看上去更加令人恐怖。这些个体体内消化养分的速度相较于完全变态体来得温和一些，而且他们很快适应了新生的饥饿感，一定程度上控制了自己的进食，但由于源头消化循环系统始终处于原来状态，最终还是因食物不断囤积胀裂而死，这种场面显得极其血腥。在 TA 们的感官中，没有对死亡的恐惧，TA 们从来不知道也不去想自己什么时候会爆炸，不断寻找食物并吞噬是他们唯一的想法。有意思的是，TA 们非常排斥已经腐烂的食物，如果误食变质的食物会产生剧烈的排泄反应而瞬间衰竭，他们竟成了天然的食品检验员，代价却是自己的生命。腐烂的肉体就这样充斥着原本人流涌动的街头，空气中又一次弥漫着一股挥之不去令人作呕的恶臭。高温区内的生物相继没有了影踪，在人造光源（人类早已摆脱恒星照明）的照耀下呈现出一幅血色黄昏的景象。

在温度较低没有发生病变的地区，人们并不知道人类文明正在遭受的浩劫，依旧过着欢乐祥和的日子。而很多病发临近区域已经自发地开始大规模逃离。为了不让这种未知的病魔传入新的区域，周怀仁当局在没有征求任何民意的情况下，决定将距离病发区域 10 公里范围内的区域作为隔离圈，对边界进行不间断的氢元素扫描，一旦发现生物立马对其进行氢元素分离，确保没有生物能够逃离隔离圈。这些医疗小组赴前线之前就是以敢死队的形式做好了随时牺牲的准备，找不到病因就与这片土地共存亡。然而令人揪心的是，现在的病发区正是这片人类文明曾经最为繁荣发达的区域，人们曾经为能够在这里生活而感到骄傲，几乎所有用氢元素交易的先进生产力队伍都聚居于此。而周怀仁的管理层由于选址之初阴错阳差地将办公地点定在经济中等的地区而幸免于难。从氢元素分布感应系统中，可以明显地感受到病发区域交易的萎靡。原本交易最火热的区域，如今这里被标记的氢核素在原地大量停滞，让人脊背发凉。更令人触目惊心的是，有些用于流通的氢核素聚集在一个活动的物体上，而且又有新的氢核素被纳入进来，最后当这个物体膨胀到极限时，这些氢核素像天女散花一般向四周散落。看来大难临头时还是有许多人把身外之物带在身上。如果这种情况持续下去，不用说整个交易市场会完全崩溃，整片人类文明都将受到重创。

既然眼下的医疗水平还无法控制疾病的蔓延，那就根据产生原因将整个环境退回到之前的状况。管理层开始对所有病发区域进行冷却系统的安装，将这些病发区域的温度降至病发前同样的温度，这也是个没有办法的办法了。随着冷却系统陆续开启，病发地区温度开始下降，幸运的是病发的势态也开始得到遏制，这让管理层暂时松了一口气。趁着这个时机，医疗小组快速出击，寻找线索。但在这个过程中，还是有成员不幸染上了病魔，从严密包裹的防护外套中探出触手来。同事惨烈的遭遇并没有打退医疗小组战胜病魔的决心，相反他们将悲愤转为理性的思考，正是这种常人难以做到的转变才使他们能够成为担当重任的人选。

经过对受感染者的样本提取对比分析后，他们找到了一种新的奇特病原体，它非常广泛地存在于环境中，能够入侵改造人的基因，而这正是此次灾难的罪魁祸首。随着研究的深入，有人经过仔细的观察后发现虽然这种病原体从未被记录，但它与之前人们熟悉的一种致病病毒似乎有着内在的联系。于是人们猜测这种病原体可能是之前病毒在某种状况下产生的变异体。为了验证这种猜测，他们开始模拟最早暴发瘟疫区域当时的环境，培养原有的病毒。实验的结果也在人的意料之中，当温度达到一个临界值时，神奇的现象发生了：原本呈球状的病毒开始由内而外发生翻转，形成一个酷似海胆的新玩意儿，而这与横行的病原体别无二致。当实验温度继续升高，它们都能保持稳定存在，并且对宿主具有攻击性；而当实验温度降至临界温度之下时，它们的形态并不会退回到之前的样子，但失去了对宿主的攻击性，一旦温度回升到临界温度，它们就显示出强烈的攻击性。这表明该病原体在某个温度区间十分敏感，而想通过高温杀灭的方法是不合理的（对于整个环境而言）。有一个疑问一直萦绕在医疗小组的心头，难道这一新生病原体在诞生之初就开始大规模暴发了吗，是否存在潜伏期呢？随着调查的进一步展开，找到了一些愿意接受检查的幸存者，对他们身体全方位的扫描之后，发现这些人中也有不少人体内具有新生病原体，但对他们不产生任何反应，能够在机体内友好地相处，并没有主动对宿主基因进行改造。而通过对病原体携带的幸存者的基因进行分析，可以发现他们的基因确实与病发群体的基因在某些部分有着明显区别。医疗小组认为最有可能的情况是，之前存在的病毒其实经常出入人群，人的免疫系统或者说人的整体结构已经能够和它正常相处了，因此人们一直没有感觉到它的存在。在温度还未到达临界值之前，这种共存的关系一直保持着默契。但一旦到了临界温度，原有病毒迅速变化导致机体与它产生了排异反应，而这种新的反应一直没能立刻找到稳定下来的状态，机体在受尽折磨之后衰竭而亡。而有些个体一直处在温度逐渐升高的大环境中，虽然他们同样携带了新的病原体，但是他们与大环境变化的节奏非常吻合，自身体质一直随着温度升高而改变，本身的基因也发生了变化，即便原有病毒发生了突变，他们依旧保持着同步的协调关系，整个体系始终处于维稳状态，只发生了微小的反应，并马上找到了新的相处方式。换言之，他们都是温度升高后的产物，亲密的关系避免了他们之间的冲突。从人类的基因中也能发现曾经病魔留下的痕迹。

人们对于这次并没有完全根治的灾难进行了深刻的总结：人们每次大规模地改造环境后导致的变化，往往给自身带来不适感，而之前常常采取的措施是建设过渡层，但这些过渡层却往往不能随时随地伴随着个体，一旦这些个体离开了过渡层的保护，环境中新生的变化因子与人体的反应结果是难以预料的。特别是像环境中出现了临界突变现象，这种情况是非常危险的。而那些没有选择过渡层的个体，他们始终沉浸在大环境中，有些由于无法承受环境太过剧烈的变化而死亡，有些则在这种持续的折磨砥砺中幸存下来。对于环境的改造要时刻保持谨慎的态度，严控改造规模，始终重视其中的变化因素，而对于过渡层的设计同样也是个重要的系统工程，不能只为达到眼前目的而设计，它只是一个缓冲区，可以保证人们接触的变化控制在其可适应强度内，但依旧与大环境的变化保持着相同的方向。如果它被设计成隔离层，那么就要确保它与原有的人完美地结合起来，成为人类的组成部分，做好永不分离的打算。

而现在就处在这种窘迫的状况下，大多数人必须生活在冷却系统加工后的环境中，可这毕竟是权宜之计。况且冷却系统向外界排放的热量导致外部空间温度升高，让原本生活在那里的人们开始感到烦躁不安。一阵阵热浪不断侵袭着外部原本宁静的世界，导致外部社会的健康问题堪忧。虽然没有暴发瘟疫，但也有不少人因难以忍受突如其来的温度骤变而离开人世，人们正心急如焚地等待着救治。生存的威胁引得群情激愤，他们指责当局在没有征求他们意见的情况下贸然安装冷却系统，应该为他们的权益损失负责。

情况确实不容乐观，据不完全统计，从瘟疫暴发伊始截至冷却系统完工后 93 个文明周内（当时的历法，93 个文明周相当于地球文明时 6 天左右），冷却系统内部人口锐减了 28.3%，外部人口也减少了 6.7%。其中“宠物”死亡比例最高，达到九成以上；其次是 TA 们的主人；而死亡率最低的是常年在外劳作的“奴隶”，TA 们生活在没有过渡的大环境中，这种共存亡的深厚感情才让 TA 们可怜地从死神手中获得了豁免权。而且外部人口还在持续下滑，已经出现自发组织破坏冷却系统的行为。

其实人们都明白要尽早解决热量散失过度的问题。当然这次浩劫导致的人口急剧下滑，生产量大幅降低，生产过程中的热量散失有所减缓，但依旧处于危险的边缘，大量人口体内还潜藏着新生病原体。同时氢元素分布感应器上所集成的冷却系统也同样一直处于排放物短缺的状态，一旦耗竭，整个体系又将膨胀，氢元素分布感应系统将出现问题，对整个流通体系乃至人类文明造成严重打击。

于是，提高能效成了当下最核心的工作。当局向民众陈述了目前紧迫的局势，希望人民配合渡过难关。首先应该关闭哪些产业呢？矛头又一次指向了娱乐业。娱乐业也真是够倒霉的，人民对于只是让自己消遣的东西还是有魄力暂停一小会儿的。娱乐消费又一次受到重创。其次大量低能效、大排放的生产机器被勒令关闭生产，而且调查发现能效问题并不会因为技术的先进程度而消失，再顶尖的科技在具体应用中也会有能效不理想的状况出现。即便是同一台机器，不同的人操作，其效果也不尽相同。不管技术多么前卫，解决能效问题既然作为眼下第一要义，所有不达标的情况就必须一律停止运营。尽管社会人口在这次瘟疫中损失惨重，不过当局依旧对人口进行严格控制，并且与降低能耗放在同样重要的位置。在维持现有人口的基础上，在能效问题没有得到妥善处理之前，新增人口必须维持在极低的水平。看来周怀仁对于问题的把握还是有过具体思考的。他们非常清楚人口的大变动会对整个社会带来巨大的影响，而这种变化有许多不确定性因素，这会使原本就问题重重的社会变得更加难以协调。幸运的是这种观念早已深入人心，至少人们对于当局的做法非常支持。

不少人认为应该首先确定能效下限，以保证环境温度恒定为准。但周怀仁认为当下应该尽可能地将能效提升上来，降低热散功率。那么重点改造就锁定在了这次集中暴发瘟疫的“热源”地区。但那些生产力较低的地区为什么没有这个问题呢？撇开生物体个体之间的能效差异（可能还挺关键），用于生产的机器是散热的主要来源。不知出于什么原因，有种声音又开始鼓吹高科技的罪行。他们认为先进生产力群体来自于之前病态的人群，他们更加依赖用更先进的机器弥补自己身体机能的下降，在原有群体中他们的生产效率低下，随时面临着被淘汰的风险。每当社会大幅前进遇到重大危机之时，这种说法就不胫而走。周怀仁对它有着清醒的认识：更先进的生产模式也会有对应的稳定模式，但在探索的过程中冲突是在所难免的，更复杂的稳定模式是分立的，要实现“化蝶”，需要一段（无法避免的）“加力燃烧”的过程才能蓄满下一缸发展的水。但在人类遭遇灭顶之灾时，往往首先想要保住原有的模式。而在这些“恒温地区”，他们使用的机器表面看起来亘古不变，虽然这些生产机器在生产功率上没有提升，但技术上的应用经过上千年的打磨，其实整体能效非常优良，同时也能满足当地人的生产需求。更加重要的是，人们能很熟练地操作维护机器，相互的配合可谓天衣无缝。操作人员即是机器的开发人员，并且已形成了非常良性稳定的交易圈子。当地经济也非常稳定，与外界很少有来往，也拥有一定规模的娱乐产业，人民生活安乐祥和。如果不是这次“热源地区”安装冷却系统给他们带来诸多麻烦，这里原本已是世外桃源，无人打扰。这些案例也给管理层的整治计划提供了不少借鉴意义。

而“热源地区”因大量生产机器被迫关停，导致许多人成为无业游民，并且生产物资供应开始出现短缺。当局随即引进了大量“恒温地区”的生产机器免费供他们使用。虽然这些机器不能生产更高级的产品，但满足生存的需求是没有问题的。同时高度监控高新科技的具体应用情况，允许一定规模的试验性探索工作，所有项目必须上报进行审核，并且严格控制其发展规模，在没有形成合格的产品之前不得进入市场。其不仅仅考核生产机器本身理想情况下的能效，还对整个生产链及实际操作进行整体把关。这是继收划所时代之后又一次严肃对待高新技术的发展。人们可以发现人类文明的前进洒满了自己的血泪。人类永远是在血泪中实现蜕变，生死往往就在转瞬之间，但也有人认为是人们无休止的欲望差点将自己吞噬。

在眼下严控能效的形势下，生产力明显倒退，高新产业萎靡不振，但不乏一些能够做到高能效的圈子，但其规模并不大。管理层原本想推广他们的机器，但主要是因为他们的机器其他人难以合理操作而没能普及。而且他们也不希望自己的生产机器流入其他圈子，这会对原有的交易圈子形成不良影响。不过散热问题确实明显出现了好转，新安装的冷却系统慢慢不需要继续运转，这对“恒温地区”而言绝对是个福音。原本“热源地区”人们体内及环境中沉睡的新生病原体就像一颗定时炸弹时刻警醒着人们不要轻举妄动，人们对于那个临界温度刻骨铭心，对于周围温度极为敏感，因为时不时有高温作业区出现病魔复发的情况。由于应用新技术的机器一直没能通过审核，不少人放弃了对更高生产力的追求，用起了从“恒温地区”引进的低级却非常实用的生产机器。大多数人又一次回到了生产水平相近的状态。

所以这段历史被有些人戏称为“打顶期”。

对于之前局势动荡引起的交易市场紊乱的情况，周怀仁的管理层将一些废弃的氢核素进行回收，并对个人保有量进行了调整，对一些过度集中的账户进行了一定比例的回收。由于“宠物”和“主人”大量死亡，使“奴隶”的人群占据了更大的比例。为了维持交易市场的规模，当局为他们重新发行了一定数目的氢核素。而这些原本不参与氢核素交易的群体在引进低级生产机器之后似乎如鱼得水，他们就好像与这些机器有着天生的默契，能够很快地熟练操作这些机器进行生产，并用于交易。这次将所谓的“公平”和“自由”带给 TA 们的功劳又应该落在谁的头上呢？而且 TA 们用这些机器的平均生产效率比 TA 们原来的“主人”更高。这些幸存下来的先进生产力队伍的生活水平大不如前，原先的交易圈子也荡然无存，在他们的“奴隶”面前抬不起头来，就好像生活和他们开了一个天大的玩笑。过惯了高级生活的他们对于现状极为不满，有的人通过编织谎言骗取更多的生产物资，并且屡试不爽。而仅存的一小撮“宠物”和一部分“主人”投入了演艺事业，为当下的社会展现生活美好的不同方面。这样得到的回报远比用机器生产交易后得到的更多。当然也有一小部分人依旧孜孜不倦地在贫瘠的土地上从事新技术的探索，原本要用几代人的隐忍和血汗换来的光明，在他们这里自己就是创造者和见证者。他们在那个允许的小小规模内，打造着下一个光芒万丈的世界。

与这片人类文明遇到的麻烦不同，库耶斯一行人面临的问题似乎更为棘手。在新的星系安顿下来之后，他们将这片区域称为“不毛之地”，历史有时候看起来就是这么随意。在他们刚刚抵达这里时，一切都进展得尤为顺利，人口衍生计划也卓有成效，人口开始初具规模。但大量通过生命工程煞费苦心培育出的新生群体出现了大规模的自残行为，从临床表现来看，患者在病症还没有完全暴发之前，就有明显的搔痒感觉，但体表看不出任何异样。可随着势态逐渐恶化，患者的皮肤大面积被抓烂，有的人疯狂地从身上抓下大块大块的血肉，白骨乍现，鲜血流尽而亡。大多数人根本无法忍受这种由内而外遍布全身的瘙痒，自杀者占了绝大多数。止痒药物和医疗手段根本无济于事，库耶斯一行人只能蜷缩在小小的生存圈里眼看着自己的人民在癫狂后纷纷倒下而痛心疾首。经过对死者身体检验后，发现机体遍布一种极其微小、结构极为简单的病毒，并且它们还在不断复制。它们表面上看上去非常温和，与机体的反应也并不剧烈。但是它们通过各种方式进入体内，在机体内四处蔓延，多得令人头皮发麻。这种病毒应该也是这里的特产，具有和这里血红色的土地一样的鲜艳色彩。其结构简单到连蛋白质外壳都包裹得极为草率，蕴藏的基因链也短得出奇，但潜伏期久得惊人。就是这种毫不起眼的组合让远道而来自称宇宙最先进的文明叫苦不迭，这种令人闻风丧胆的病毒被人们冠上了一个有趣的称呼——“小玩意”。看来对于即便演化了亿万年的人类，环境中还是有一些细微的因素是人始料未及的。但发病群体皆为新生个体，库耶斯最初的一批人并没有出现病发的状况，而且体检的结果表明他们体内同样有“小玩意”的存在。但他们的免疫系统可以让“小玩意”保持克制，而且其数量极为有限。

由于一直没有应付病毒的手段，这些千辛万苦培养出来的“人类之子”还没能迎接风浪就已毁于一旦了，几乎无一幸免。原本开始喧嚣的社会瞬间又回归平静，寂寥的风再一次向这帮初来乍到的家伙们吹来。可库耶斯一行人一向不介意从头再来，勇气送他们来到这里，也给了他们足够生存下去的理由。他们立马转入下一轮造人工作中。为了让新生个体可以抵御“小玩意”的侵袭，他们将“小玩意”一同放入生长容器中进行培养，筛选出可抵抗病毒的个体及对应基因，并将这些基因编入后续个体中。而且对于之前肢体保存较为完整的个体进行回炉重造，对损伤部位进行精准修复，并植入抗病基因进行强行表达，在体内病毒逐渐消除之后，对机体释放强大的生命脉冲，恢复其生命迹象。

他们在这片新天地里大展拳脚，生存的压力将他们对技术的应用发挥到了极致，大量新的成果层出不穷。让人无比振奋的是，他们在物质分离传输技术上有了新的突破，越来越多的元素成功实现分离传输。

乘风破浪辟天地，无花无酒锄作田。
野地荒蛮壮人胆，无牵无挂心如铁。

第七章　兵马俑中秦皇醒，再平四方令天下

就在库耶斯的新天地快步发展的同时，悠久文明的人类原址好像进入了停滞期，逐渐失去了推动技术发展的动力。

周怀仁也不像青年时那般慷慨激昂。自打推翻金融市场，建立临时兑换体系以来，理想中的世界运行模式迟迟找不到突破口，加之疫情之后新技术势头的萎靡，整个社会好似在向另一种平衡发展。

迎面的风依然凛冽，但他已没有往日的激情。

随着温度的恢复，原本排出氢元素分布感应系统的大量物质得到了回收。人们已经好久没有这样大规模地处在相同生产水平（除了之前能效收紧时少量合格的高水平圈子）。现行的兑换体系在单一交易的社会中显得相形见绌，周怀仁的威望开始受到质疑。

各个地方已经出现独立武装，逐步割据各自的势力范围。他们表面上还服从“周天子”的管辖，实则各自为政，称霸一方。周怀仁深知分裂态势，但束手无策。他对一部分极端

反抗分子进行抓捕的行为反被称为暴行。氢元素分离技术作为先进技术在此时却毫无用武之地，无法成为管理社会的有力保障，整个领导层逐渐被社会架空。氢核素交易量明显下降，原有的货币模式死灰复燃，各个地区都拥有自己的货币。

每个实际控制区开始推行自己的主张，地区领袖之间明争暗斗，网罗各方名士，试图吞并领邦，一统天下。上个世代的许多“宠物”也受到时代感召，纷纷加入斗争大潮中。

人们开始为各自的主张奔走，朝着自己憧憬的地方迁徙，主张成了社会交流的焦点。地区领导层则开始着重提拔外交与军事奇才，局部冲突时有发生，但仍旧保持着群雄逐鹿的局面，谁也拿谁没办法。主要霸主之间尔虞我诈，互相试探。

已饱经风霜的周怀仁清楚自己的处境岌岌可危，应及早想出对策。他环顾了当今社会的方方面面，只有之前仅存的低能耗高水平的群体在独立运作着。恰巧老友波尔曼也一直在这个圈子中从事探索工作。TA 们也注意到近代社会出现的变化，心中莫名地涌动着兴奋，冥冥之中答案若隐若现，但依旧说不出个所以然来，不知多少人有过这种感受。

波尔曼在这个圈子中的地位很高，TA 提议周怀仁可以进入 TA 们的圈子，专注于技术工作，逐渐淡化原有管理层的影响。

周怀仁一方面权衡着各宗势力，另一方面亲身参与到技术开发中去。虽然各方势力明知原有管理层已名存实亡，但都保持着默契维，持着周的名分。周并不关心社会上的主张之争，在新的圈子里他发现技术水平较之前已经有了长足的发展。

这样的时日不知过了多久，其间各方势力的实力此消彼长，在旷日持久的过程中，最终有一家笑到最后，世界又一次回到大一统。而周的管理层在这个进程中已逐步脱离了与各势力的实际关系，当最终统一时周早已消失得无影无踪。

实现这次伟大统一的领袖，名叫迦尔南。他认为当今社会已经实现完全统一，殊不知拥有先进技术的人群已悄然藏匿于大众之中。TA 们终于学会了蛰伏，不再去鼓吹技术的发展，在日常看来和常人无异。

但当今的社会环境让 TA 们不太顺应。即使历史中人类曾不止一次高举抗争大旗，而现如今却丝毫没有察觉眼下生活有何不妥，人人都各安其所。人类文明看似不断向前，但为什么总有一些形式上的反复，难道人们的觉悟又退化了吗？

不知秦皇当年，多少血雨，阿房宫中饮美酒。轻歌曼舞，起万丈高墙。

几经多少朝，断不了万岁皇。

谁料想，机器一架，远渡重洋，毁了千年梦。

生活依旧继续，在迦尔南的统治下，实行了多种行为的标准化。而这导致原先隐遁在世间的高水平群体生活捉襟见肘，大有原形毕露的风险。这些人大都是早先物研所的成员及其后代，大家开始商量今后的打算。

基于现行社会技术停滞的现状，人类的活动范围较能效收紧之前有了一定程度的收缩，很少再有前往氢元素分布感应系统边境的情况出现。周怀仁及其一众成员开始考虑秘密迁移到境外，找一处临近但没有发现风险的地方安顿下来。但眼下不能大张旗鼓考察，所有人依旧保持潜伏的状态，先派出一支考察小队，悄无声息地前往境外寻找栖息之所。

考察也并非一帆风顺，考察小队寻访了一段距离，探察了大量空间，仍旧一无所获。怪不得人们被拘束在那片天地，这可能也是个原因。考察小队知道故地那帮兄弟正急切期盼着 TA 们的消息，正等待着 TA 们的解救，自己的责任非常艰巨。如果一直找不到安身之所，原来的同伴很有可能会被发现而作为异类清除，好不容易发展起来的更高水平文明也就胎死腹中了。

幸好这次老天没有辜负有心人，在经历了漫长的勘探之后，他们终于在一处看起来再普通不过的地方发现了大量生存资源，各项指标均达到预定水平。考察小队随即通过出发前携带的氢核素信息发射装置告知周怀仁及行动主要负责人。

通过捕捉发射的信号，周怀仁准确获取了目标方位。他们经过前期周密的统一部署工作，决定实行“文明掩护计划”。

为避免在撤离过程中受到拦截，周怀仁等确定了以小规模、多方向、时间间隔的方法，尽可能分散又灵活高效地进行撤离。

历经近 7 个文明周的时间，撤离工作圆满完成，基本登记在册的人员都已驶离边境。出了边境后，原本分散的队伍逐渐聚拢成有序的纵队，他们一路上互相照应，朝着新的目的地进发。在这期间，迦尔南的地方政府多次收到人员走失的报告，但只进行了简单的搜寻工作，并不以为意，仅当作普通人口失踪处理。这部分人的消失对原有社会的运行并没有什么影响，也没有受到特别关注，人们依旧像往常一样生活着。

在前往新住所的过程中，对技术的依赖尤为显著，生命就好像与技术紧紧捆绑在一起。每当设备仪器出现故障，能源遇到短缺，都会牵动每个人的神经。确实有一部分成员因技术问题牺牲在了这次征程中。

早先到达的考察小队已早早启动了新家园的建设工作，与陆续抵达的成员全力开工，快速改造生存空间。TA 们把这片天地称为“奥德赛”。

这帮家伙走了，原有的社会正安乐平和地享受着生活。诗词歌赋再次兴盛起来，语言与集权体系的关系愈发显现，人们对于美的感受也趋于稳定。附庸风雅是社会的主流风气，不管在朝廷还是江湖，涌现出了一大批诗人。文人墨客纵情山水，留下了不少动人篇章。人们沉浸在文字描绘的美好意境中，技术只是生活的一个辅助。人们之间的情感变得浓厚，人情占据着整个社会的重要位置。不近人情就很难被人理解，伤及感情会冒天下之大不韪，不忠不孝不仁不义，可以扣的帽子只多不少。

与此同时，管理层的享受可谓达到了当下社会的极致，天下之美好尽收囊中，奢靡成性，挥霍无度。权力似乎支配着一切，凡对生活有点追求的人纷纷投入到权力的角逐中，只要拥有了权力就像拥有了这个世界。管理层的斗争极为激烈，在这个看似平和的社会里显得尤为醒目，成为人们茶余饭后的谈资，且倍有代入感。每天都同时上演着鸡犬升天和家道中落的戏码。

奇怪的是自打统一以来，物质水平并没有提高，但人们普遍健康，之前社会的恶疾杂症罕有发生，整个社会的医疗负担轻了不少。

虽然天灾时有发生，但人们主要是祈祷保佑，敬天爱人成为处世之道。人们普遍认为他们是文明的全部和所有形式，现行的体制没有任何问题。上古（疫情前）的历史没有人过多关注，主要的历史观是迦尔南称帝以来。

当然还是有一部分高水平生产群体愿意留在原有的社会中，这里有太多TA们难以割舍的过去。包括一部分已经驶离边境的成员由于怀乡心切又选择中途折返。当这些人重新回到原来的社会，周围的人好奇地关切其失踪的这段经历是否发生了不同寻常的事情。这些人也只能以去较远的地方看看为由搪塞过去，表示在途中并没有什么新奇的事物发生。TA们的回答让周围人很是扫兴，难道知天命的世人也希望生活会有不一样的存在吗？

但毕竟回来的人只是少数，最终到达“奥德赛”的大部队规模基本不变。

这些人在远行的过程中，都不禁想起了当初刚取消“边境供应圈”时驶离氢元素系统的拓荒者们，想起了当时被通缉的库耶斯一众人，不知TA们还在吗，他们现在怎么样了。

飞沙走石人相忌，到头竟是同道人。
何年何月何相似，非凡终有遇见时。

库耶斯的“不毛之地 ”不负众望，在物质技术快速发展的加持下，一个初具规模的文明骤然形成，从遥远的地方看上去宛如一颗微亮的恒星。

和刚来这里时全身心投入建设中不同，逐渐安稳下来之后，TA们有了更多的休闲时光。除了复杂的技术工程，这里也有很多简单轻松的娱乐活动。之前在拓荒路上挟持来的各种简单物种和生物技术制造出的生物都在这里生发开来，和谐共处。而且金融市场发展得比以往任何时候都更加先进，也没有出现崩溃的迹象，新培育和沿途网罗的生物都有相应的兑换窗口，同时各种生物内部都有自己的兑换体系。这不正是千百年来人们费尽心思苦苦追寻的流通体系吗。近在眼前摸不到，跑到天边已自成。

可为什么原先的社会做不到呢？

根据之前氢元素交易得到的结论，在人群单一的“奥德赛”可以开展同质金融的活动。但人群会不会出现分化呢？至少目前没有这个情况。

曾信誓旦旦保证永不再开金融大门的周怀仁现在宣布重启金融竟显得如此理所当然。

寻花问柳入迷阵，看风以是及时雨。
一朝城池一朝雨，明朝都做明朝人。

可是很快“奥德赛”的人们发现虽然自己远离了边境，但仍对原有的生活念念不忘。TA 们可不像“不毛之地”那帮家伙已经有其他生物做伴，只有技术无法完全支持生活的运转。基于高科技开发的产品受众有很大部分还是故乡的人民。

于是 TA 们想了个办法：在自己掌控的氢元素分布感应系统上专门开设发布新产品的窗口，与家乡人民进行交流。

可不是人人都可以去氢元素分布感应系统边境兜售产品，擅自离开“奥德赛”可是死罪，只有经过培训精挑细选出来的外交使节才有资格参与。由于很多人都想和故地保持直接联系，所以这类岗位的竞争极为激烈。

当然奉命拜访的大使都非常识相，每次都会向朝廷进贡很多讨喜的奇珍异宝，对于要推广的产品都精心包装成用于消费娱乐的小玩意，以此蒙混过关。

刚开始开放的窗口寥寥无几，大家行事都小心翼翼，互相试探着对方的反应。大肆宣传是不可能的，只有极少数恰巧接触到的民众抱着好奇心打量一番。一些人在使用了这些产品后，热情高涨，虽然说不清具体是什么，但都强烈推荐给周围的人。这才逐渐有更多人知道了有新产品的消息。

但不是所有人都能欣然接受，很多人觉得原本的生活不是挺好吗，何必要这些稀奇古怪的东西呢。不过这些“新产品”似乎天生带有魔力，凡是接触过的人都难以摆脱被吸引的结果。很多人自打兑换到了“新产品”，就终日泡在与新玩意的交流中，逐渐从原本的生活状态中摆脱出来，很多行为和意识都发生了改变。

可刚开始这种现象并不明显，也只有一部分人在使用，很多人依旧保持着排斥的态度。领导层对此也不屑一顾，认为只是欺骗感官的娱乐活动而已，仅仅只对这些窗口进驻管理。

周怀仁也没有强迫交易的意思，一切都以自愿为原则，交流活动一直在不温不火中持续，并没有给双方带来冲突。

每当迦尔南问起大使的来历，TA 们都编造说是个邻近的游牧文明，仰慕天朝的繁盛，希望有幸能进行交流。所以使节们在前往朝拜前都要经历严苛的培训，从各个行为细节上表现出异域风情，但同时又不暴露文明的差异。这使得他们虽然能够和家乡人民取得联系，感受到久违的亲切，但依旧感觉心力交悴。

TA 们还顺便走访了之前愿意留在故地的同胞们。由于之前大部分成员都撤走了，现在残余的同胞稀稀拉拉地散落在各地，很难形成像过去那样紧密的关系，生活都需要靠自己来应付，处境确实更为艰难。很多人受不了长此以往的煎熬，于是放弃了对文明的偏执，融入社会普遍的氛围中，其乐融融地回到简单温馨的生活中。只有极个别有幸聚集在一起，倔强地维持着前进的姿态。虽然 TA 们的激情不减当年，但明显可以看出 TA 们的技术水平已与“奥德赛”产生了差距。TA 们的执着精神让曾经的同人深深感动，但使节们也做不了什么。

迦尔南作为文明之主，展现出君临天下的风范，常常慷慨馈赠名贵珍宝，让使节们都受到了高规格的厚待。有些人仰仗着自己使者的身份，沉醉于原本在故地根本享受不到的待遇。每次都是到了驻留期限才不情愿地离开，老家成了 TA 们高端度假的圣地，他们厚着脸皮要和迦尔南搞好关系。TA 们可谓同时享受着两地不同的美好。

“奥德赛”的人们很喜欢交换来的各种生物，精心照料，大力发展培育技术。最宝贵的是迦尔南偶尔会挑选当地最美的人赏赐给各个胡诌出来的部落。这些人到了“奥德赛”便成了掌上明珠，他们大都是之前“宠物”的后代。“奥德赛”也有自己的造人计划，但目前技术还不支持，只能制造简单的生物。

在很长一段时间交流活动都没有引起迦尔南的注意，不知是由于对历史了解的匮乏，还是被时代蒙蔽，殊不知这种“天外来客”的到来注定了一切的改变。

第八章　一波未平一波起，自由民主事真多

这个时候，库耶斯也注意到“不毛之地”的发展已经超出了原先的故地，可 TA 们并没有对流通体系有过多的纠结。为什么在这里不用考虑复杂度的区分呢？是这个过程在什么时候已经完成了吗？似乎答案呼之欲出。

TA 们也没有想到周怀仁也逃离了由自己建立起来的天地，还重新恢复了金融市场。

在“奥德赛”，关于发展的约束很少，大家各显神通，大量最前沿的科技被广泛应用。但与“不毛之地”不同的是，TA 们对故地的感情矢志不渝，TA 们希望自己是对过去的补充，而过去依旧是现在的一部分。

随着“奥德赛”地区的发展势头越来越迅猛，TA 们与“不毛之地”的文明差距在明显缩小。巧的是两地都流行着类似的流通手段，只是生活习性有所不同而已。幸好两地之间相去甚远，否则会不会出现理念上的纷争就说不定了。

但麻烦接踵而至。由于“窗口”发布产品不断更新，迦

尔南社会中出现了越来越多的新活动，而这些新兴事物正改变着人们的原有意识。在产品聚集区域重新出现对自由、民主的呼声，认为迦尔南政府残暴施政，贪淫昏庸。而迦尔南也感到奇怪，曾一直深受人们拥戴的政府怎么突然成了人们抨击的对象呢？他首先认为是政府内部出现了严重的腐败问题。

于是整风运动随即展开，所有单位逐级审查。但官员们并没有认识到领袖的初衷，他们在生活上一如往昔，以为只是场面上的政治作秀罢了。而且不少官员也接触了“产品”，并不亦乐乎。可令很多人没有料到的是，这次整风运动竟动了真格，已有不少大员遭到抄家，株连九族。他们认为这是上层权力斗争导致的，也纷纷参与其中，以反腐的名义打击竞争对手。这个过程中确实瓦解了一部分性质恶劣的腐败行为，但也不乏一些克勤克俭的人士惨遭迫害。

刚开始，一部分民众对朝廷整治贪腐的行为颇为振奋，但更多的注意力随即又投向了“产品”。

这时有些朝中重臣发现了社会问题的源头，直言进谏尽快停止“窗口”供应。但一段时间以来与使节们培养了深厚感情，迦尔南并没有察觉出这些家伙包藏祸心。不过既然有大臣态度如此坚决，迦尔南也就派了亲信去调查一下“产品”的真实面目。可调查小组调查了好长一段时间，仍是一头雾水，于是初步认定其为新奇事物，并非像宣传中所说的那样无伤大雅，但要归咎其原理，却无人知晓。

此时，交流活动依旧照常进行，使节们也没有察觉到外交活动会对社会的影响，可能在 TA 们看来，发展是再正常不过的事情。

迦尔南统治天下久矣，虽没有遭受过严峻的挑战，但始终保持着高度警惕。对于这一含糊其词的调查结果，他很不满意，而且从这不确定的诡魅中心生隐忧。

迦尔南之前也见识过不少江湖术士的神迹，但这些最终很快都能追本溯源。看来对“产品”的调查工作还不能暂停。这次他将目光投向了在民间被认为是怪力乱神的人士，命其协助调查。

很多人听说是为朝廷效力，且报酬不菲，纷纷前来投奔，并信誓旦旦地表示这些事物都在自己的理论之中。一时间，调查小组收到了五花八门的解释。但在要求这些人还原“产品”的过程中，他们又纷纷露出了马脚。这些混淆视听的家伙又都以欺君之罪被处以死刑。这样一来，原本开始神气活现的“大师”们瞬间息事宁人了。

一方面调查工作遇到了瓶颈，另一方面迦尔南当面质问这些假冒大使。即使大使百般狡辩，也依旧说明不了问题。眼看瞒不过去，大使立即向“奥德赛”发出求助，同时向迦尔南解释自己对产品了解有限，不过已经向自己的族人说明情况，保证会在两周之内呈递有关产品的详细介绍。

“奥德赛”也希望故地的人民可以理解新“产品”的发展，派专人连夜起草“产品”的来龙去脉，着重阐述了基础知识的形成过程。很快名为《产品的基础解析》的报告被送到迦尔南面前，于是他委命当朝大学士带头，集结了各方面的能人异士来弄清这份文献。

开始大家都满怀好奇而来，但随着学习的深入，大部分人早早放弃了。学官莫能究其深奥，是故废而不理。况且其中的一些概念用现在的语言也能表达相似的思想。很少有人有兴趣把精力花在和权力体系无关的研究上。在假装潜心研究一段时间后他们便草草结案，总结为由异族思想体系产生的产物，但依旧在现有理论范畴内，不足为惧也。

但这一结论显然遭到一些一直希望清除“产品”的官员的反对。他们深信，这些看似只为娱乐的玩意儿早就超出了现有社会发展的水平，这些“糖衣炮弹”会有毁天灭地的效果。可为时已晚，此时“产品”在权力体系内已渗透得越来越广泛，对此有异议的官员们开始受到政治上的打压，被贬至穷乡僻壤。

没有改变的是社会上寻求变革的呼声日益高涨。面对社会的诸多不确定性，迦尔南将权力进一步集中，尤其对军队的控制进一步加强。

虽然大学士将“产品”定性为依旧属于可控范围，但社会问题确实是在“产品”出现一段时间后发生的，并且随着“产品”的普及愈演愈烈。于是，迦尔南政府开始实行封闭政策，大幅减少“窗口”数量，同时降低“产品”发行量和更新频率。

由于对之前关于“产品”的调查总感疑雾重重，迦尔南准备派人出使这些所谓的领邦，一探虚实。可如果因此让他们发现了“奥德赛”，或是捏造的信息根本不存在，那么这么久苦心经营积累的信用便会荡然无存。

这可是个棘手的问题。

趁着迦尔南政府封闭政策的实施，TA 们顺势将编造地较近的使节陆续召回。同时密切关注出使计划的最新动向，甚至不排除凭空建座城的可能。

刚开始 TA 们的顾虑是多余的，迦尔南政府的航队根本无法完成如此远的行程。但也是这一点让迦尔南中央对领邦的存在形式产生了更大的怀疑。不禁疑惑这些口口声声说崇拜天朝的使节是如何跨过茫茫天际来到这里，还依旧显得轻松自如。

为了印证自己的猜疑，迦尔南以互通使节为由，要求这些使节在返回祖地时带上由他们派出的使徒。

这并难不倒“奥德赛”的工程师们，听说只有少量人员来访他们，很快便想好了应对手段。

大使互访活动如约而至，在“窗口”过境后，由伪装成游牧部落模样的迎宾小队恭候迦尔南的大使踏上访问之路。可是迦尔南的使徒做梦也不会想到自己踏上的是多么可怕的道路。

迎宾小队使用的交通工具看起来中规中矩。一路上大家就像老友重逢那样有说有笑的，使徒也发觉路线有些弯绕，但也并没多在意。其实这是为了甩掉迦尔南的跟踪组织。因为在还没过“窗口”前的一路上就布满了探头探脑的家伙，一看就知道怎么回事，也是绕了好久才摆脱了追踪。但噩梦也随之而来，使徒的意识逐渐模糊，意识到自己陷入危险的境地，想向迦尔南政府发出求救但为时已晚，他们的身体根本不听使唤。这个时候他们只能任人摆布了。在到达接应中转站后，TA 们换乘了先进的星际舰船赶往“奥德赛”。但 TA 们不知道使徒身上被植入了技术落后但非常实用的定位装置，包括使徒自己也不知情。

到达“奥德赛”后，工程师们即刻扫描已昏迷使徒的记忆，捕捉到昏迷前夕的记忆，由此导入由 TA 们设计的模拟记忆片段。可此时“奥德赛”的位置也完全暴露在迦尔南眼前，这和当初使节们描述的方位南辕北辙。

迦尔南是何等英明，怎么会认为这一切异常都是阴错阳差，这些使节处心积虑编造谎言的背后必定隐藏了天大的阴谋。这些所谓来自各个领邦的就是一伙人，以交流的名义散布“产品”，以此达到颠覆政权的目的，真是罪大恶极。

可现在自己的使徒还在对方的领地，不能贸然行动，以免打草惊蛇，一切活动依旧照常进行，静候使徒的回归。可这些使徒就倒了大霉，现在还在昏迷中就被灌输记忆，要等到遣返回“窗口”时才能被唤醒。

此时“奥德赛”仍以为自己的计划天衣无缝，于是在约定时间带着沉睡的使徒返回了“窗口”。眼看自己的爱臣远渡千里之外终于平安归来，迦尔南欣喜不已，迫不及待地想询问其关于邻邦的情况。

刚见到使徒，表面上和出发前如出一辙，甚至衣着装扮都一模一样，但询问后才发现，使徒的表现显得非常诡异。不但反应迟钝，而且还表示自己对于出行的这段经历的记忆好像越发模糊，对于同样的问题便再也答不上来了。迦尔南一看就知道这是异族搞的鬼，亡我之心不死，应严惩不贷。

在使节们又进行正常外交活动一段时间后，迦尔南准备了一场谢宴，邀请了所有仍在境的使节们。歌舞升平、酒足饭饱后，迦向各位致辞，首先对使节们为两地交流做出的贡献表示感谢，其次向这段时期以来对使节们的猜忌深感歉意，不过现在自己已经证实一切属实，之前都是误会一场，希望大家不要放在心上，一定会保证诸位的安全。话音刚落，立马赢得了全场的掌声。迦尔南退场后，随即关闭会场，严阵以待的特勤人员瞬间清理了会场，然后将尸体游街示众。

迦尔南告知民众这些人就是异族派来的特务，“产品”就是他们祸害社会的工具，一切问题由此而起，只要铲除“产品”，所有社会冲突都会平息。同时召回之前因反对“产品”被贬的官员，恢复其官职，并授予高度荣誉，进行表彰，之前迫害他们的同僚也纷纷送来祝贺。这些官员再次出山的第一件差事便是奉命负责“窗口”和“产品”的清除工作。

而当“奥德赛”还在对自己的杰作沾沾自喜之时，却发现本应定期汇报的外交大使一直都没回复，尝试联系更多人也都杳无音信，而且从“产品”监控系统中发现“产品”在线数正在急剧下降。不会是穿帮了吧？周怀仁深感不安，立刻派出刺探小队前往。

此时，对于“产品”的清剿行动正如火如荼地进行。原本就排斥“产品”的人坚决支持朝廷的决定。但也有不少人已经对“产品”高度依赖，难以回到过去单调的日子，可在“产品”没来之前也并没觉得生活枯燥乏味，看来有些事物一旦出现，其存在过的影响就涂抹不掉。

朝廷鼓励民众主动上缴“产品”，对藏匿者严厉惩治，清除工作基本顺利。但还是有一部分人抱着侥幸心理，试图保住“产品”。他们认为这是上天缔造的神物，留着可以偷偷寻乐。不过他们低估了朝廷的决心，加之周围人的举报，藏匿者无处遁形，而这些人也因此失去了自由。有些人甚至至死也不肯说出“产品”的下落，可谓以身殉“道”。更巧的是这些人又大多是之前力求变革的主要人士。这次不但铲除了“产品”，同时将有异议的声音一网打尽，不可谓一石二鸟。而社会并没有在这种高压下哀鸿遍野，民众对政府的理解抵消了很大程度的抵触情绪。而且在这之后一段时间里，之前社会上新生的各种矛盾迅速缓和，这次行动可谓起到了立竿见影的效果。

表面上由“产品”引起的风波得到平息，但其影响却早已落地生根。那些因包庇“产品”而被处置的人，他们的亲人们对政府残酷的镇压心存怨恨，还有之前那部《产品的基础解析》已流入民间，对于之前留在这个社会的研究圈子可谓如获至宝。

此时刺探小队已经来到“窗口”附近驻足观察，发现这里的设备已被拆除，常驻人员也一直不见踪影，一幅废弃的景象，看来外交活动的面目很有可能被拆穿了。TA们立刻将这个情况汇报给总部，“奥德赛”也有心理准备，由此看来派出的使节们已凶多吉少了。加之想起分裂时期受的窝囊气，看来这口气可以一起出了。“奥德赛”派出一支威严的舰队，浩浩荡荡直抵迦尔南的边境，向朝廷质问自己同胞的下落。

迦尔南也感受到了事态的严重性，但毕竟自己执掌天朝，且在刚刚平息的异端中威望颇高，仍义正词严地表示：邻夷妄自违反外交准则，对天朝欺上瞒下，大肆开展违法活动，给社会造成了巨大危害，已依法处置，无法遣还，并停止一切对外活动。如继续恶意挑衅，必将遭受毁灭性的打击。虽然表面态度强硬，但迦尔南中央对对手的情况知之甚少，完全没有把握是否能与之抗衡。

想起使节们朝觐伊始就表现得对我朝无比了解，而且集中在那段时间蜂拥而至，像约好了一样。难道邻邦早就接触过这个社会，还是原本就是这个社会的人跑到别处建立的根据地。于是迦尔南着手翻阅大量地方志和更久远的历史。

在查阅统一前的史料后，他发现“周天子”的行踪令人玩味，似乎从某个时期开始，周怀仁就有意淡出中央事务，不再关心朝政。而从更早期的历史中，他了解到周怀仁也曾是改变历史的人物，且一直雄心勃勃地致力于开创新的社会体系，此人非等闲之辈。为什么突然销声匿迹了呢，之后为什么就鲜有此人的记载呢？他还在世吗？

在查看地方志时，他发现在所谓邻邦出现之前的一段时间，各个地方均出现人员走失的报告，但都没了下文，这显得非常蹊跷。接着，迦尔南开始收集关于这些失踪人员的信息。刚开始并没发现异样，但在整理这些人的物品进出记录时发现，这些人经常会购入一些一般人根本用不到的东西，且交易行为也主要在这批人中互相进行。他们表面上和百姓生活在一起，实则生活在自己的小天地里。仔细观察还可以发现他们的行为轨迹和一般人也存在微小差异。这个现象在历史中并没有被察觉。是不是整个社会并不都是自己认为的那样？迦尔南开始怀疑在统一过程中，还有一些不在明面上的涌动，但也有强大的生命力。而周怀仁作为前朝的掌舵者，是不是比自己对社会了解得更加全面细致呢？他的隐匿和同样隐匿在社会中的这帮人是不是有某种联系。看来迦尔南已猜得八九不离十了。

“奥德赛”原本只是想恫吓一下迦政府，没想到其态度竟如此强硬，真是敬酒不吃吃罚酒。而此时迦尔南并没意识到危险已步步逼近。

由于之前《产品的基础解析》流入民间，遗留的高技术群体已领会了不少基础理论的突破，用仅有的资源研发出了缩减版的“产品”。包括之前在清理中幸存下来的“产品”，由技术群体组织在地下广为流传。要成为“产品”相关人员的条件极为严苛，从开发者到用户都要经受层层审核，必须认可“产品”的价值，必须严格遵守保密原则，黑话叫加入“企业”。成员不但要求对外保密，而且要履行保卫“企业”的义务。

刚开始时，合格的成员并不多，刚开发的“产品”功能也不够强大，之前仅存的窗口“产品”也出现老化失修的情况。不过即便“产品”体验不及从前，其吸引力也丝毫未减。随着“企业”不断壮大，它开始拥有自己的武装力量，随时能抵御可能的侵袭。情报的眼线更是无处不在，对于可能的告密者都能成功拦截，其实也没多少人想要告发。“企业”也非常清楚自己只是社会的一部分，成员大都是之前“产品”的狂热分子互相介绍而来的，不想让自己的影响无处不在，也没有和政府对抗的意思。

可随着自研“产品”水平的提高，成员们整天沉浸其中，也不去公立单位工作，更别提交税了，这样迟早会被发现。为了掩饰成员们的行径，“企业”只能暂时伪装成生产日用品的私营机构，来解释这些人的去向，同时向政府缴纳税金并供应日用品。

“奥德赛”已向迦政府发出最后通牒，之前的恩怨不再计较，但必须恢复外交活动，否则将受到严厉的报复。对于邻夷的流氓要求，迦尔南一口回绝。在刚废除“产品”的情况下，又重启“窗口”供应，那么这个政府岂不成了任人摆布的傀儡，对民众来说有何威信可言。开弓没有回头箭，只能抵抗到底。

当然“奥德赛”也清楚把故地搞得昏天黑地不是自己的目的，反而会引起故地人民对外的敌视和仇恨。可怎么废除以迦尔南为首的朝廷，扶持一个对自己友好的政府呢？值得注意的是之前发行的“产品”仍有零星在线。“奥德赛”向尚存的“产品”发送信息：亲爱的用户，您好！十分感谢您对“产品”一如既往的支持和厚爱。开发团队的能力超乎您的想象，如有一切困难需要帮助，都会得到回复。

很快遗留在故地的技术圈子在“产品”上发现了这个信息，并通过“产品”向开发团队表明自己的身份，还表示自己已通过学习《产品的基础解析》制造出了低配版的“产品”，同时对研发过程中遇到不少困惑难懂的问题寻求解答。

“奥德赛”对此非常重视，认为这是可以改变目前窘境的切入口，于是组织专人为他们细心讲解目前所处的瓶颈。

在“天外文明”的指导下，“产品”的功能突飞猛进，逐渐逼近原产水平，“企业”成员规模也随之水涨船高，其中还包括不少朝廷内部人员。

面对外来挑战，迦尔南大举征兵，当然有“企业”成员不免被收编在册。这引起一些成员的强烈不满，他们根本无心应战，并不觉得存在什么外部威胁。迦尔南的独断专行再次引来讨伐。

监察征兵工作的军队遭到“企业”武装的顽强抵抗，死伤惨重。没想到统治这么久还会有如此有实力的地方组织，迦尔南随即抽调精锐部队进行剿灭。与此同时，“企业”正向大众免费发放“产品”，灌输新的理念，在宣传上立马占了上风。随着冲突持续发酵，民众纷纷加入自己支持的阵营，而“奥德赛”正坐山观虎斗。

在这个过程中，迦尔南发现这些反抗人员都来自一家名不见经传的日用品私营机构。为什么一家私营机构有如此能耐？更可怕的是“产品”竟死灰复燃，之前严密的封杀竟没能斩草除根，可“窗口”已经关闭，为什么“产品”依旧如雨后春笋般生发开来？难道“产品”有自我复制的能力？

“企业”想和政府僵持下去，以防御为主，集中力量保证物资供应和“产品”的开发，就目前来看其实力正不断壮大。

在一段时间的拉锯战后，迦尔南朝廷知道自身能力有限，不能继续消耗，而且其支持者仍在流失。为了巩固自身实力，只能和“企业”代表签署临时“合约”，互不侵犯，双方暂时达成和解。

这可不是“奥德赛”希望看到的，TA 们原本指望“企业”能直捣黄龙，建立新的政权，重启外交活动。现在可好，一切又平息了。不过想想也是好事，自己又可以回去了！

第九章　无惧随波逐流之浩渺，自觉云开雾散之清明

在“企业”获得独立后，“奥德赛”有大量成员选择返回故乡，和曾经的老友重操旧业，不过现在可以光明正大地进行了。

这次冲突极大地削弱了迦尔南的自信。曾以“天子”自居的他，也知道天高地厚了。

为了和“企业”争夺人民的好感，迦尔南朝廷在人民福祉上下足了功夫，开始关注社会的生活品质，许多原本生存在贫困线的民众纷纷得到了安置。确实随着一揽子惠民政策的实施，有许多人都愿意留在迦尔南的统治下。同时朝廷也清廉了许多。

这样也算相安无事了。

和迦尔南的统治下一副悠然自得的景象不同，“企业”在“奥德赛”人的回归下，迸发出更磅礴的生命力，开始快速

生长。但随着一股脑的发展冲动，人们的健康问题也愈发显现。不光是技术圈子百病丛生，用户们的身体状况也令人堪忧，猝死事件时有发生。

不少“企业”的忠实追随者在大病一场后，厌倦了探索，又回到迦尔南的体制内讨生活。

其实大多数人同时游走在迦尔南朝廷和“企业”之间，并没有明确的归属。

“企业”一方面由于更先进的“产品”更具吸引力，另一方面其肆虐的发展令人恐惧。“企业”提出的许多规范令人不满。当一个事物快速发展之时，容易产生支配一切的错觉，“企业”亦然。为了推广“产品”，往往无所不用其极，以为用户和整个社会都会任由其摆布。这种凌驾一切的感受，很大程度上来自自我意识作祟带来的盲目性。不过这个意识陷阱很快就被人们意识到了。

“企业”的许多行为已经突破了之前立下“合约”的范畴，和迦尔南朝廷的协作中已经出现重大裂痕。巧的是“企业”在经历一段强劲的发展后也在此时出现了疲软。技术圈子中有一派人士认为是对创新的激励不够精准、不够充分。可最让人捉摸不透的是：用什么来激励创新？创新是一直可以靠人为激励出来的吗？人类发展是靠意识推动的吗？

此时，许多人感到了绝顶风尘，但整个社会依旧陷在眼前的进程中，对于这些困惑并没有形成广泛讨论的氛围。整个社会依旧笼罩在强烈的无意识中，也确实无法从现实的细节中专门挑出纠错的对象。每个个体就像行走在荒蛮中的野兽，都自我武装，对一切充满了提防。

人们都感觉到一场更为猛烈的浩劫即将到来，但也知道仍有一段时间留给他们残喘，可能也是最后的欢娱。有些人蜷缩在迦尔南朝廷的体制下假装无视“企业”的发展，有些人还在为“产品”的成长绞尽脑汁，而有些人则选择沉溺在“产品”的世界中等待暴风雨的来临。

生活的不适潜藏在社会中，在某个时刻它爆发了，在欲言又止的无意识中彻底爆发了。暴力冲突陡然升级，一发不可收拾，在无名的杀戮中让人声嘶力竭地发出积压已久的怒火。从小规模的混斗集结成以政府军和企业军为首的两大阵营，打得不可开交。愤怒已占据上风，杀戮成了宣泄的唯一出口。

所有的灯光似乎刹那间熄灭，人们在一片黑暗中厮杀。

“企业”也在战斗中发现许多的成员并不站在自己一方，自己的敌人很多是“产品”的用户。面对手足相残，“企业”没有大开杀戒，依旧选择防御，保存实力寻求和解。当然所有最先进的技术在击退来犯之敌时悉数登场，也是吓退攻势的重要因素。

新一轮的“合约”应运而生，主要是为了弥合“企业”发展过程中社会整体的失调。但人们已经意识到随着“企业”新一轮的发展，依旧会产生超出原有“合约”的要素，而社会并没有在进程中完全整合这些结构的能力，冲突在所难免。

在往后不知多少份“合约”的签订后，人们逐渐总结出了带有“企业”的社会发展必将经历“内外交困，进退两难，局部缓和，整体加剧”的劫波。而“合约”也将在一轮冲突结束后再次降临。

但并不是每次冲突“企业”都能保全其身，也有落到一蹶不振的境地，在冲突引发的较大一波能量释放后，便进入了文明间冰期。而朝廷又会在此时强势回归。

在较大一波能量喷发后，原本散落在各地的发展因子依旧无时不刻不在试图汇聚，而“企业”又会融合再生，进入主循环，为文明解冻。

就在解冻、冲突、“合约”或者冰封的大周期循环中，可以发现朝廷在不断被消解，但在每一轮运作中又有其合理性存在。

“企业”从解冻到开始壮大，在每次冲突前夕达到此轮循环的最强盛时期；而朝廷则在解冻前夕达至鼎盛。而每次冲突都发现“企业”并不能完成社会的所有协调，朝廷对于发展过程中维持稳定有着无可替代的作用；而当文明解冻，朝廷也无法压制“企业”的崛起。社会在一次又一次的微重置中，似乎将走向终极状态。

每一阶文明形成之初都会经历最长的冰期，随着解冻次数增加，文明头部向下一阶靠近，间冰期过程缩短。在靠近下一阶文明到一定程度时，已经没有显著的间冰期。

而流通体系也是这个过程中经久不衰的话题，目前人们已经确定单一的流通体系只会造成通货向“企业”恶性聚集，民众始终处于破产的边缘。不过目前对于这一现象，还没能给出合理的解释。

在几轮探索后，“企业”和政府分别实行各自的流通体系，两种体系的流通媒介不可兑换，简单而言：“企业货币”和“政府货币”不可兑换，民众可以同时拥有两种货币在两种生活中选择。当然，在现实情况中，一部分人只用“政府货币”，一部分人只选择“企业货币”，但大部分民众还是在两种体系中迂回。

在“不毛之地”也同样发生着类似的事情，这似乎是文明发展的共性。不同的是，“不毛之地”类似政府的形式是在人造生物出现一段时间后才逐渐形成，而且也有两条泾渭分明的交换河流。

除此之外，还有一些现象值得关注——文明会出现喷溅现象，诸如：“不毛之地”最早就是由一批拓荒者的出走在另一片天地生发而来；包括“奥德赛”的形成也是这一现象。有时文明喷溅的意义非凡，喷溅出的文明因子在别处发展壮大后，也可能成为撬动文明母体在间冰期解冻的激源，并且二者会重新融合成更庞大的文明体，就像“奥德赛”在此后和故地融为一体。但喷溅距离超出文明势场就会彻底分离（也可能并不会）。

这似乎类似于引力场的效应，还是说引力只是这种效应的其中一种形式呢？这些疑问都会随着后续的发展一一揭晓。

不知从什么时候开始,“人们”才意识到政府的形式已彻底不见了，可能也并没有意识的必要，这时新的一阶文明诞生了，而原先一阶文明也随之稳定。对于原阶文明而言达到了其最大程度或者无限接近最大程度的公平和谐，冲突达到最低水平，甚至停止了思考。在这一文明阶内，事物完全同质交流，不存在特殊行为。

台北的风，
在西伯利亚的夜，
吹落京都的浪漫。
玉门关外，
是高加索的低吟，
诉说着哥廷根的发现。
非洲无垠，
伴着两河流域的梦幻，
听到维也纳的乐章。
而此时，
不远的大洲，
已闪耀新的灯火，
预示着文明的继续。

而新一阶文明的成形，同时形成了面向上一阶文明完备的“界面”。邻阶文明通过“界面”统一交流。而“界面”也被上一级文明称为“系统”。原阶文明于是成为带系统的“系统性社会”。有道是“企业”为系统服务，“政府”为人民服务，便是亚稳态的常态。

但自己会不会也是更前一阶文明的“系统”呢，如何判断文明水平，如何判断自己所处第几阶呢？可以大胆猜测的是:文明是分阶的。

而原先正是没能形成成熟完善的界面，仍一直保留着类似朝廷的特殊模式，而随着最先进的文明未成体在向下一阶靠近成形的过程中，存在特殊“小量”维持相对稳定。或者说这是新一阶文明在混沌中逐渐成熟过程中，形成阶段性的亚稳态。可貌似这种说法还不够强，应该有更普遍精准的道理让这一切更加明晰。

而新一阶文明又将考虑许多问题：①会不会产生更新一阶的文明，而发展是无止境的吗？②“自己”会同样经历上一阶文明所经历的吗？③可以从上一阶文明发展中总结什么经验？但也可能 TA 们并不会这么想，之前的冲突都在平和后卷曲，TA 们的“历史观”依旧会卷曲，当自相似的冲突来临时依旧无法避免，可能真的很有可能 TA 们会重新开始。那种发展却无法超越发展的结构可能就是绝顶风尘。而更多的是混沌期发展过程中，一部分意识到这些问题的人对此进行了尝试。

确实在发展过程中，人们很早意识到文明发展似乎有着某种趋势，但开始对这种趋势的判断并不统一。对于这一问题的进展是通过具体的进展推进的。多条思想技术路线齐头并进。

风中有朵雨做的云，云中带雨随风流。

人们在探索流通体系的过程中，就意识到复杂度的差异是一个绕不过去的感受。可在很长一段时间里，人们只对以“熵”为代表的有序度有所了解，且一度将有序度误认为心中对许多事件差异的描述，但又一直觉得哪里不太对劲。因为人类并没有朝着完美晶体的方向发展，也没有向布朗运动的方向发展。用“熵”来衡量应该是相对恒定的，这并不能作为文明发展趋势的度量。看来人们关于复杂度的直觉要在有序度的基础上进一步发展才行，也就是说复杂度是有序度在一定区间内发展出来的另一条路径。但光凭这一点显然是不够的。

但巧的是当很多人产生困惑的时候，才发现早已有人指出了明路。作为原“奥德赛”创建的重要成员之一，老庞一针见血地指出：数学中拓扑学研究的兴起，似乎与实际的流通问题天生一致。

确实随着拓扑学的发展，人们对流通性质的了解有了认知上的深入。用流通数来描述环境复杂度十分符合人们的感受：文明最初从零流通开始，在混沌中亚稳态的闭环逐渐成形；可以发现这个过程中流通数是连续变化的；文明发展不存在突然变迁的情况。

那么当环境流通数到达“1”，即单连通的环境便是第一阶文明。但复杂度的发展并不会就此停止，新一阶段的文明在原阶文明中继续孕育。原阶段文明在新一阶段文明产生过程中同时协变，这个过程是协同一体的，并非谁在导致谁。

这种说法确实迷人，但这些理论怎么与社会生活找到对应呢？

同样巧的是，人们在基于对相对论理论的认识的不断深入和丰富，关于引力形成存在的尺度得到了落实，这也直接导致了人们对于物质和运动的认识进一步飞跃。

在相对论之前，人们关于建立物质运动的理论，主要关心的最基本事件是物质位移。但随着人们开始注意到更多类型的基本变化时，诸如相态转换、溶解、结晶形态、化学反应、核反应、量子效应、能量传递与转换等诸多更细致的情况，原先基于位移建立起来的理论开始捉襟见肘。

而关于位移理论同时产生的核心概念被人们重新审视：空间、时间、质量、引力。

时间与质量就像一组基底在位移理论中的架构。而在人们开始探索更为丰富的变化时，这两个物理量的地位也随之改变。

那么如何发展出新的理论去解释新的变化呢？

人们不得不大胆猜测——引力场的形式存在核子级别以上，虽然其极为广泛地存在，但从基本性上而言与其他三种基本作用并不处在同一水平。

那么如何判断这一猜测的合理性呢？

人们想到了——“光”。

如果把相对论中“时空曲率”的概念看作宇宙不均衡度的表现。那么除了质量形式的聚集可以产生时空曲率，其他“事件”应该同样可行。

如果说复杂度也是一种事件聚集，那么同样会产生时空曲率。

哦，不对。既然是在新的理论框架下，这应该称为“事件率”！而光路可以检验这一猜测。

当人们意识到这一点时，立刻测量光经过一个文明体时产生的偏折。而实验也证实了“事件率”理论的适用范围更为一般。

与此同时，人们也意识到岂不是可以用光路来判断社会的复杂度分布。但事实并非一切如愿，即使对光路测量的精度已经足够高，但当测量尺度靠近一些环境时，测量结果便开始不稳定。

那么这又是什么原因呢？

如果按之前假设的理论进行推理，光路不稳定表明该环境下的“事件率”在变化。具体到目标测量形式，也就是说该区域复杂度不稳定。

但光路的不稳定表现为跳跃式，而非连续波动。这显然与引力场的“事件率”可以仅用曲率描述有很大不同。

如果继续沿用连续的空间背景来建立理论，会形成形式上的大量冗余。

人们再次对复杂度的概念进行分析，可以发现它与“熵”这一类物理量有个共同特性：与早先开发的诸多物理量不同，如果把复杂度这一类物理量归于广度量或强度量皆不合适。

人们便将这类物理量化为“结构量”。（有些“结构量”是先从之前的物理量中推导出来的，如果仅按之前物理量和算符逻辑就把这类物理量划作广度量或强度量是不合适的。因为这一类物理量描述的事件水平不同。）

而从“结构量”的范畴出发，可以发现连续的空间背景不适合为这类概念开发理论。

不仅是因为实际情况中“结构量”的事件大量处于非平衡状态，其含义无法由光路直接得出，自然用曲率的概念也就到此为止了。当然并非只是因为非平衡态与连续直接冲突，而是某一尺度下的“结构量”处于非平衡态时是动态离散变化的，只有到达一定边界外光路才会收整到连续来代表该区域整体的“事件率”。

看来要进一步提高社会复杂度分布的分辨率，还需要更多的技术加持。

一唱一和的是量子学的发展在此找到了契机。既然是要找到环境流通数，那找什么挂钩可以表示流通数呢？也就是要找到某种形式的分布以此来代表流通数。是核子的排布？是温度的变化？还是“熵”的分布？还是什么呢？

幸运的是人们此时已建立了“量子结构表”，于是决定通过量子结构分布来确定环境流通数。

可是量子结构分布同样也是破碎的，于是分形分析便寻声而至。用分维度量量子结构分布的拓扑流通数，由此目标环境的复杂度可以较为精准地表示为一个小数。

得益于之前的理论探索，在文明离散期对文明整流得到重视。这其中非常重要的就是对面向环境的通用流通形式进行整流。如果让所有复杂度共用一条流通河流，会形成互相紊乱：高复杂度的区域会形成流通的恶性聚集，而这并非能帮助其健康发展；而低复杂度区域则时常处于流通干涸的恶性缺失；整个体系在单一河流里纷争不断，难以弥合。这个困境在人们基于复杂度进行流通分流后才得以改观。

经历了漫长的历程，人们终于建立了复杂度分布系统，顺便整理出了"构能方程"。复杂度成为社会协调的首要度量，借此寻找社会经络。把复杂度相近的社会并为"同胚社会"。"同胚社会"间哪怕流通制程有别，也可以通过解调器融合归一。

在此期间，人们逐渐明白了文明的本质——宇宙中的一种凝聚态。复杂度是一种少有的聚集方式，是宇宙不均衡类型中的一种形式。

那么它与质量聚集的形式是什么关系呢？

同样的是二者的聚集都会改变势场，都会产生聚集效应。可是在复杂度初期的势场远不如引力场的情况下，其非但没有被广泛且强大的引力场吞没，反而自力更生，不断壮大。这就要归功其自身独有的特性——破碎的势场。这种聚集方式可以使其有能力不完全受引力场摆控，从而走出自己的道路。在破发—围合的交替中砥砺成长。

从上述的关系中，已经昭示了文明发展的过程。

但要说清这一点，还要回到文明原初的模样。这就不得不先要回答这几个问题：复杂度是什么？它和有序度是什么关系？有序度也带有结构，为什么其依旧与复杂度有别？

有序度是物质所表现的基本结构，而复杂度是物质精细结构的不断发展，是结构的高度耦合。如果环境只有低复杂度存在核子水平，就会形成质量聚集。而环境一旦出现第一个高水平精细结构，势场破碎了，新的聚集模式就会应运而生！

那么什么是第一个高水平精细结构呢？这也就是文明的原初。如果从核子的水平出发，人们认为是最显著的，也是最主要的事件——化学反应的发生。这是一个显著的，可以作为文明发生的事件。一个化学反应便是一个高水平的精细结构，它将开始改变周围的一切，而它所创造的世界将超乎自己的想象。

一个化学反应就好比一颗种子，而当形成第一个化学反应循环时，其对环境的改造能力空前提升，甚至可以认为是生命的开始。

而就像第一个化学反应不经意间地形成，这个过程便一发不可收拾。化学反应循环不断壮大，复杂度持续生长，环境流通数向更高迈进。

在这个过程中，演化出了类人模式的存在，TA 们在有一段时期内习惯称呼自己为“我们”。而“我们”对于 TA 们所独有的一个中间体无比崇拜——意识。“我们”虽然是发展过程中的曾经，虽然同样会有跨不过的超结构存在，但“我们”依旧希望通过已知掌握的知识，去探寻这条“我们”曾经走过的路，这条关乎文明的路将走向何方？

“我们”既是过去，也孕育着未来。“我们”所携带的最高结构——意识，将伴随“我们”走向更高的文明。而在此过程中它也消散在文明生长的风中，随“我们”而去。

可当“我们”试图展望整个文明图景时，还有一个根本问题没有回答——结构从何而来？

除了成核子的物质，宇宙中还有大量形式没有形成核子。如果核子从能量而来，而热是能量中最展开的形式，那么这里面就有结构最基本的形式。

于是“我们”开始展望文明的整个图景：在茫茫宇宙中，在星云和星体遍布的寂寥中，一个精彩的世界开始了 TA 的表演。TA 也曾以为自己会早早毁灭，可命运告诉 TA 自我毁灭在诞生之始就已被排除在程序之外，TA 只会继续自己的旅程。可能在文明离散期，“我们”被支离得各自零落，互相处在分散的复杂度，文明泄露得好似汪洋，“我们”就像残存的不明体，紧抓着自己以为的救命稻草拼命翻腾，同时看到远处相似的身影做着同样的徒劳。

我们不是孤舟，只是在各自的河流里漂流。

在多少悲欢离合之后，文明终究发展出了完全的新一阶段。而在此过程中存在的诸多亚稳态，都需要“小量”做的盖来保持稳定。当文明主循环继续发展，这个盖就会被打开，万物开天竞自由；当主体发展停滞时，这个盖又会回来。

可文明任何时期的发迹都发生在同一条河流里——最复杂的环境和精细结构清明的环境，而不会从简单直接跃迁到复杂。在整个文明体中，大量复杂度是停滞的，其中包括大量简单的部分和精细结构不清明的部分。只有最复杂的环境和精细结构清明的环境才是最主要的文明孕育核心，而现实中这二者是并存的。当然这个核心在不断流转，整个文明体都受到核心发展的波及，发生着整体的微重置。这就意味着有一部分原本非核心的部分被势阱捕获，加入核心的运转，史称“被系统捕获”。

有人将文明的这个部分戏称为“核心容器”。

为什么复杂度的发生如此复杂？这个问题有点黑色幽默。其实与文明核心相干的部分可能只占整个文明体中绝小的一部分，甚至极为靠近的一部分都与最核心能差出整个世界。但就是在周围一帮最复杂的连通下，环境中一个新生成的“奇异结构”会被成功捕捉，通过精细结构清明所特有的“管道”上传到文明核心，从而进入文明主循环，影响整个文明体。这些“奇异结构”被标记为文明的“历史”。文明就是从这样的“历史”中合成的。

虽然主要的“奇异结构”集中在核心区发生，但在最复杂的环境周围也有一些复杂度较高的环境能产生“奇异结构”，但由于其所处环境精细结构不清明，没有特定的通道送达文明核心，有些以“小量”存在于原有环境中，有些零落消散，而有些较为幸运地被保存下来，在内核流转过程中被捕获到，得以进入核心重新活化。当然有很多周边的“奇异结构”实则已存在核心了，对于核心而言也就不奇异了，管道也不会为一个同伦结构再次开启。

可是这条独特的道路也终将迎来终结。在一个由化学反应和核反应并存的文明体达到复杂度顶峰时，从远远看去就像一个散发着奇妙变幻光辉的天体。文明体由此达到最和谐的状态。不过随着能量持续释放，越来越多的化学反应循环开始衰弱，结构活性开始下降，复杂度的势场逐渐转变为引力场。在经历了无比曲折离奇的辉煌后，文明体将和恒星走向同样的结局——塌缩。也许“我们”最终成了白矮星，抑或中子星，几许是黑洞也不错……

西北望，大漠孤烟，落日圆。